焼死体たちの革命の夜

中原昌也

河出書房新社

目次

焼死体たちの革命の夜

わたしは花を買いにいく

特に歌うことに自信があったわけではないらしいが、晴丘光子はいつも何かの鼻歌を口ずさむ癖があった。

「いま歌っていたのは何の曲なんだい？」

オフィスの隣の席の彼女に、最初に訊いたときのことを、いまでもわたしはよく覚えている。

「いや、特に……」

確かに他人の、決して巧いともいえない彼女の鼻歌なんてものに興味を持つなんて、自分でも大変不本意ではあったが、歌の体をなしてもいない、まるで不明瞭なメロディの断片が中途半端に耳にこびりついて、彼女がいないところで脳内でリフレインし始め、無意識に口ずさんだりしたら恥ずかしいので、つい訊ねてしまったのだ。

「でも一応は、何かの曲なんだろう？」

普段のわたしならば「ああそう」とあきらめて、以後まったく気にかけずにいるだろう。だが、そのときは極度に退屈してしまっていたせいもあって、再度訊ねた。

「何の曲かって？　そんなの何の曲でもないに決まっているでしょう」

心底ムッとした感情を奥に隠した、無表情で彼女は答えた。

鼻歌が中断されたせいで、小さいボリュームで流れていた有線放送の、曲名も歌い手もわからない曲が耳に入ってきた。これが何の曲なのか、あまり知ろうという気にはなれない。誰も頼んでいないのに、何故このような曲を聴かなければならないのか。

きっと情報がないなりに懸命にＣＤショップの店員に説明したら、一瞬にして「あの曲ですよね」というようにトントン拍子で商品の場所まで案内されるのだろう。その流れが簡単に想像できるせいで、わたしは有線などで耳にした曲は、無論どういう曲なのか調べないし、可能な限りなるべく印象に残さないように心がけていた。テレビのコマーシャルだけをボンヤリ眺めているのと同じように、脳が汚染されているような気がした。

「特に自分が鼻歌を歌っている意識はないの。いつかどこかで聴いたものの断片が、頭脳からだだ漏れしている感じ、といえば正しいのか……」

光子は歌っている曲を何故教えられないのか、説明し始めた。これが丁寧に、わたしの納得がいくように配慮されたものかどうかといえば、どうもそういうわけではなさそうだった。そんな説明など面倒だという感じが、言葉の端々から聞こえてきそうな気怠《けだる》さが全開……とりあえず言葉は発しているが、特にこちらに理解されたいわけでもなく、ただただ事情をひたすら説明する端から苦痛が滲み出している。人間同士わかり合う必然などない。動物だって実のところ、人間のようなコミュニケーションをとりたてて必要としていないはずだ。

それまで、わたしは同じ職場の彼女と口をきいたことがなかったのに再び気がついた。こうして鼻歌について訊ねたのが最初だった。


光子は黙って、黒い外套の男から一枚の写真を受け取った。恐る恐る、手にしたものに何が写っているのか確かめた。

案の定、それは彼女の恐れを煽るのに十分なものが写っているようだった。

すぐにハンドバッグの中に急いでしまうと、眉間に皺を寄せ、不快を露《あらわ》にした。

黒い外套の男は、満足げな笑みを浮かべて、ただ黙っている。

わたしはその一部始終を、会社の窓から双眼鏡で眺めていた。黒い外套の男は、何者なのかよくわからない。見覚えはない人物であるが、ひょっとすると男ではなく女性かもしれないが、ここから双眼鏡で眺める分には男性にしか見えない。髪は黒いニット帽に収納されており、長いのか短いのかさえもわからない。

わざわざ前もって観察していたのではない。たまたま、わたしが気まぐれに以前から会社に持って来ていた双眼鏡（自宅は割と奥まっていて低い階にあるので、普段は必要がない）で、暇を持て余して適当に空を眺めていただけに過ぎない。

わたしはデパートの屋上のベンチ近くにいる二人の姿を、観察し続ける。佇んでいるだけで、暫く動きは見られない。

睨みつけるように光子が、黒い外套の男を見る。唇も特に動いていないところを見ると、どうやら互いに黙ったままのようだった。

デパートの屋上といえども、その日は平日だったので、母親が子どもを連れてやってくるくらいで、大して賑わってはいない。すでに夕刻が近かったので、光子と黒い外套の男の姿はだんだんと赤い光に包まれ始めた。

光子が睨みつけるだけで特に変化はなく、こちらでは何も様子がわからないのにもかかわらず、わたしはずっと飽きずに眺めていた。

彼女はどういった人物なのか、わたしは一切知らないし、いまから考えてみれば特に興味を持った記憶もない。

先ほどまで同じオフィスにいたはずの女性が、いつのまにか近くのデパートの屋上にいる……その事実に遭遇してしまったばっかりに、ただならぬ興味を持っただけだ。

しかも険悪としか呼びようのない状況であるのは、会話など聞こえてこなくても、彼女の表情や細かい仕草などを、性能の良い双眼鏡のお陰で手に取るように目撃できた。

そのような事態を目にしてしまったからといって、光子という女性にその話題で話しかけようとは、特に思わない。確かに「見てましたよ、一部始終」みたいな話を突然振った際の相手の驚く様を見てみたい、という欲望がないわけではない。いや、双眼鏡で見た不快を示す顔を、もう一度再現してくれるのは、わたしにしてみれば何とも愉快であるのは、簡単に想像がつく。

「あれは不倫の証拠写真で、何者かから脅されていたのでしょうか？」

わたしは面と向かって、直接彼女に訊いてみたい。

しかし、実際訊くとなるとどうなのだろうか。わたしも同じように彼女を脅し、金品などを要求することができれば、いまの暮らしが多少なりとも改善させられることだろう。よくよく考えてみれば、こんな会社の給料では脅し取れる額など、たかが知れている。たかが知れているからこそ、巻き上げてやるのは、何と楽しげなことなのか。

他人の貧しい暮らしぶりを観察するくらい、楽しい事はない。

貧弱な食生活を眺めるのは、好きだ。そして不味《まず》そうなものを、いかにも不味そうに食べているのを黙ってみるのは気持ちがいい。高層ビルの最上階にあるような高級レストランで高価なものを食べながら、貧困な地域の食事を眺めるのも、機会があればぜひやってみたいものだ。そのときは、この双眼鏡が真価を発揮する瞬間であろう。

暫くは何も二人に動きはなかったが、突然光子がベンチを立ち、屋上の出口に向かって行った。黒い外套の男は、知らぬうちにどこかへ消えた。きっとここからは死角になってしまっているペットコーナーで、今頃は可愛い子犬を物色している最中に違いない。

やがて光子が会社に戻った。

わたしは笑みを浮かべっぱなしで、彼女の行動の一部始終を眺めて悦に入っていたが、向こうは観察されているのにまるで気がつかず申し訳ない感じもしたが、何も知らない彼女の愚かしさに爆笑を堪えるのが精一杯だった。

光子は救い難いまでに、頭が悪いのではないか。

階段の昇り降りの最中に運よく出くわしたら、足でもすくってやろうか。

衣服をつけたままのマネキンを運ぶのに失敗して、バラバラになったのを目撃したとき、あまりの滑稽さに笑いが止まらなかった。あれほど笑ったのは、あとにも先にもない。

退社後の光子を尾行して、電車がやってきた瞬間にホームに突き落としてやろうか。恐らく、相当に愉快な状況であるのは間違いない。だが、彼女をラッシュ時を避けた時間に誘い出す必要がある。突き落とす際、誰かに見られたら困るからだ。

いっそ、急に親しげに話しかけたりして……例えばコンサートか映画に誘う。その前に彼女の好みを知るのが先決だが、女の好むものなどどれも似たり寄ったりに決まっているので、適当に芸能情報誌を数冊読む程度で十分だ。それをダシに話しかける。

簡単に心開いた、と思った瞬間、固い棒のようなもので殴りつける。一度ではなく、何度も。勿論、それで死んでしまったら大失敗だ。

再び、光子の方に目をやると、呑気に紅茶のペットボトルを飲んでいる。

腹が立つほど、間抜けな表情。いますぐ木刀で顔面を殴打してやりたいのを堪えるのが困難。とはいえ手近に木刀などあるはずもないので、最初から不可能ではある……私物のものは自宅に置いたまま。ならば三時の休憩に誰かがリンゴを剝《む》く為に使った小型ナイフで、何の予告もなく斬りつけるのも、きっと愉快なはずだ。斬りつけられた理由など、皆目見当もつかず、ただひたすら間抜け面で佇むしか術《すべ》がないだろう。

小動物を一匹調達し、それを彼女に向けて放ち、先に仲良くさせて油断させるという作戦もある。

「可愛いでしょう。こいつね、名前は太郎なんですよ」

わたしがそれを言うか、言わないか、あるいは言い終えたあとか、十分に油断させてから、サバイバルナイフで喉笛を斬りつける。その場合も、きっと光子は間抜け面で佇むしか術がないに違いない。それほどスカッとするようなことが、この先わたしの人生で起こりうるのだろうか。いや、けっしてそんなことはないだろう。寧《むし》ろ、退屈極まりない連続であるのが、安易に想像できよう。

だが、やはり木刀で脈絡なく殴りつけるのも捨て難い。素手で問答無用にボコボコにしてやるのもいい。とにかく心配なのは、油断して反撃を受けることだ。いずれにせよ、彼女をテナントのない他の階に誘い出す必要がある。殴る際、下手に騒がれたら困るからだ。

寧ろ、小動物などという小賢しい小道具に頼らず、放っておけば颯爽と草原を駆け回る馬のような活発な生き物に、後ろ足で蹴り殺させるのも手だ。

その為には、彼女を人里離れた田舎の馬小屋に誘い出す必要がある。蹴られる際、下手に騒がれたら困るからだ。

そもそも馬などに興味があるだろうか。いつぞか彼女の机に競馬新聞が一部、置かれているのを見た覚えがある。あれは錯覚だったのだろうか。いや、確かに見た覚えがある。彼女の得意先に競馬新聞関係があるとは、とても考えにくい。

しかし、光子がわたしの手によって、とんでもない酷い目にあうのは、もはや避けられない運命であるのは間違いなかった。すでに賽《さい》は投げられ、惨劇は神の手によって秒読みが始まっていた。もはや彼女に対する暴力を止める方法は、一切残ってはいない。これを中止するいかなる理由を、わたしが万が一思いついてしまったとしても、それでも何の救いにもならず、運命が変わらないのは明確だった。もうそれは決定してしまったことだから、いまさら変更するのは面倒くさい。

唯一の問題は、その方法よりも、いつ実行するかだった。

いますぐにでも行動に移したいのは、やまやまであるが。だが、すぐにやってしまっては意外性に欠ける。とにかく彼女を油断させておいて何の予告もなく突然に、死ぬほど驚かす……いや驚く前に致命的な損傷によって死亡が好ましい……いや、不意を突いて自分の救い難い愚かさを悔いながら死んでもらうのも、決して悪くはないのだ。

だが、もし光子の顔の特徴を、彼女を直接知らない人間から訊ねられることがあれば、わたしはすぐに言葉を失ってしまい、コップ一杯の水を飲み干したくなるだろう。

こちらが黙って真っ正面から彼女を見つめれば、その妙に整い過ぎている造形に真面目くさった感じがして、突発的な笑いを誘う。次に横顔を見ると、根拠なく悲愁に満ちた物語がいまにも聞こえてきそうだった。やはりその真面目さが仇となって、わたしは失笑を堪えるのに必死にならざるを得なかった。それは主に右側から見た場合であり、左側はまだ別の表情がある。それを長い時間見つめていると、やがて人間の顔の体をなさなくなる。こちらの不意に発したけたたましい笑い声と身震いによって、顔面が崩壊する。目や鼻や唇が、震災にあったビルの看板のように揺さぶり落ちてしまう錯覚に陥る。

逆に、いまのように喫茶店などでコップになみなみと注がれた水を飲み干そうとした際にも、光子の三つの顔がつねに自動的に思い起こされ、突発的に馬鹿笑いしてしまう。

「何がそんなに可笑しいんだい？」

カウンター越しにいる、白髪のマスターらしき男が訊いてきた。

床屋に行って髪を短く刈り揃えたその男に、わたしはすぐに答えず、下を向いて沈黙し続けるつもりであったが、結局は口に含んでいた水を床に吐き出す結果となった。

マスターは仕方なく、黙々と白い布巾でグラスを磨く作業に、再び没頭する。

いままで店内で流れていたおだやかな雰囲気のジャズが、店の奥のオーディオ機器が集中するブースに立つ男によって、別のレコードに換えられる。ブツッという針音とほぼ同時に、先ほどとはうって変わって騒がしい演奏が爆発した。どのような要望に合わせて聴くべき音楽なのか、まるで想像がつかない。

その音に戸惑っている素振りをみせず、わたしは聴こえてくる騒音を横顔で無視し続けていると、そのレコードを選択した男がこちらを執拗に見つめているのが感じられた。

わたしの表情の変化を期待するかのように、男はボリュームを次第に上げた。

たまたま自分は一人で来ているからいいものの、このような凄まじい音量では、カップル同士の愛のささやきは勿論、神経を尖らせて臨むべきまともな商談など不可能であろう。

現に大きなスピーカーの近くにいた五、六人用の席の真上に炸裂した音塊が、そこで打ち合わせしていたビジネスマンらしきスーツの男たちに苦痛の表情をもたらした。

わたしは特に彼らを視界の隅に確認しただけで、彼らの気分などに興味はない。

一度、ブースの男と目が合い、何秒かその状態が続いたあと、急に音量を絞った。

もうすでに笑っておらず、寧ろ苦みばしった表情になっていたはずなのに、マスターが再び訊ねた。

「さっきはいったい、何がそんなに可笑しかったんだい？」

近くの床屋で髪を短く刈り揃えたばかりと思われるその男を、わたしは大胆に無視をしてやった。

その代わりといってはなんだが、先客が半分残したコーラの瓶、皿の上の食い残したサンドイッチや、そこからいつの間にか転げ落ちたパセリ、灰皿の中のマッチの燃えかすが載ったままのカウンターを隅から隅まで何度も眺めた。グラスばっかり磨いてないで、わたしの周りの片付けをしたらどうだと進言したいのを、根気強く堪えた。

それどころか、思わず床に吹き出してしまったコップの水を、モップで拭き取ろうともしない。足下は、風呂上がりのように水浸し。ボーッとして、あらかじめ水を汲んであったバケツを蹴ってひっくり返してしまった間抜けのよう。黴《かび》で床が腐る心配など、マスターにすればどこ吹く風。たまたまここに来る前に寄った日用品店で購入したタオルを使い、おおまかに水を吸い取ってしまおうかと思ったが、そう考えているうちになんだか頭がボーッとしてきて身体を動かすのが面倒になってきた。トイレに行って、備品のトイレットペーパーをあるだけ持ってこようとも考えたが、やはり億劫になった。

以前にも自宅の洗面所の床が水浸しになって、大わらわになった。日常でよくある、ちょっとしたトラブルだ。その原因はドラム式洗濯機。溶かした洗剤が流れるゴムホースが、洗濯機の内壁に接触していて、大きな穴ができてそこから漏れていた。さっそく業者に来てもらい、メーカーには部品を交換してもらった。

レコードの音量は絞られても、結局はむき出しのコンクリートの壁に反響して、楽曲そのものの騒がしさをより際立たせた。

いつの間にかマスターは客そっちのけで、カウンター裏の小部屋に引っ込んでしまっていた。酒類が並べられた棚の上に掛けられた鹿の頭部の剝製が、マスターの代行を委任されたかのように、わたしをじっと見つめる。もしかすると、眼球の奥に監視カメラが仕込まれており、わたしが無銭飲食しないか監視しているのかもしれない。

焼酎の「大五郎」が飲みたくなったが、多分このような洒落た喫茶店には置いていないだろう。

騒音の苦痛が若干和らいだ解放感からか、商談が上手く行ったのか、スーツ姿の男たちは幾分か和んだ表情になった。笑顔を寄せ合い、肩を組んで和気あいあいと、ふざけて冗談を言い合い始めたのだった。

その騒がしさは背後で流れる騒音と大差なかったが、無邪気さと屈託のなさは大学生のようだった。もしかすると彼らは新卒サラリーマンなのだろうか。確かに見た目は学生に見えなくもない。だが、真の若さが決定的に欠如しているように強く感じられたのである。

店内の薄暗さのせいもあり、健全な雰囲気に乏しく、彼らの好色な笑い声が非常に不快に感じられた。

「不倫の決定的証拠の話。先日、妻の浮気現場をたまたま目撃した。慎ましい日々を送っている最中の出来事。仕事がかなり忙しく、正直なところ、家族に重点を置くことができず、仕事ばかりを優先していた。妻と一日会話しない日もザラにあり、内心、このままでは家族の繋がりが希薄になると危惧していた。そして、その予感は見事当たった。これまでは、私が仕事で日付をまたいで帰ったとしても、たいてい妻は笑顔で出迎えてくれた。しかし、ある時期からそれが全くなくなった。いつも、出迎えられても一言二言会話して、私はすぐに寝てしまっていた。だから、その時は、どうせ私との会話が退屈なんだろうと思い、さほど気に留めずに軽く流していた。それだけなら何も気が付かないままだったと思う。しかし、これに加えて妙によそよそしかったり、私から会話を振っても妻がすぐに話を切り上げたりと、不審な対応が目立ち始めた。このような振る舞いに不信感を抱き、妻の浮気を疑わざるを得なかった。しかし、この時点ではまだ『疑惑』の段階であり、決定的な証拠もないため、そのまま放置した。しかし、ある日のこと。出張に行っていた帰り、予定が変更になった為、早く帰ると、うちの駐車スペースに知らない国産車があった。家の玄関を開けると知らない男物の靴があった。リビングから発せられるニオイに違和感を抱きながらそっと入ると、リビングのソファで妻と見知らぬ男が激しいセックスに興じていたのが見えた。間男は三十代のイケメン。自分が激高しているのを自覚するより前に、玄関に置いていた高価なゴルフクラブの入ったバッグを引っ摑んでリビングへ。怒りにまかせてアイアンでテーブルを叩き壊した。すると間男が嫁を連れてそのままベランダに逃げたため、私は鍵をかけて、壊したテーブルをお片付け。部屋は八階の角で、隣室には行けないし、避難タラップもない。さらに二人は全裸。ベランダにはガラスを叩き壊すものは皆無。しかも、ガラスは防犯用に強化されたもので、簡単には割れない。季節は冬で、凍える二人を見ながら美味いカップラーメン食ったあと、私は言った。『監禁で訴えるならどうぞお好きに……恨んでももう遅い』と。妻からの返答は間男のイケメンを愛している主張。妻が謝罪して泣いて謝るものだとばかり思っていた私にはあまりにも衝撃的なリアクション。居たたまれなくなり、私の方が家を飛び出た。即、離婚の二文字が頭をよぎった。翌日朝に帰宅すると、玄関に『先日の一部始終聞こえてました』と書かれた紙がポストに入っていた。その紙は匿名だったが、恐らく下の階に住んでいるAさんであると確信している。その件だけでなく、他の日にも聞こえるのは妻と間男の喘ぎ声だと思うが、私の声ではない。誤解をされたままにしておくべきなのかどうかわからず不安だ。自分も同じく浮気を考えたが、それでは妻と同類になる、子供に対して胸を張れないと思い、踏みとどまった。この一件により妻への愛情は消え失せたが、『子供のため』を念頭に置いて頑張ることにした。ただ、私の妻への対応が今までよりも著しく雑になってしまい、子供に悪影響を及ぼすのではないかと不安に思う時もある。今回は勇気を出して浮気現場に颯爽と殴り込み、妻の浮気を暴くことに成功した。しかし、振り返ってみると、浮気現場はとても危険なニオイで修羅場と化し最悪の印象。もしもまた、妻の浮気を疑うことがあった時は、私は迷わず嗅覚が優れた警察犬のような探偵に依頼しようと思う。確実な証拠を得て話し合う方法を選びたいと思うし。ニオイだけでは、なんの証拠にもならない。だが、自ら浮気現場に乗り込むのは大変危険だ。今回のように運良く妻の浮気現場に遭遇できるとも限らない。その後、友達にも相談したのだが、そこまで開き直っているし、謝罪する気もないなら離婚した方が良いというアドバイスをもらった。浮気を堂々と認めて謝罪もせずに、これからも浮気をするだろう……と考えると、一緒にやっていく自信がなくなった。そして、浮気が発覚してから三ヶ月の月日が流れ、ついに私は離婚する決意をした。仕事から帰ると妻を呼び出し、大事な話があると告げた。そして離婚したい気持ちを伝えた。しかし、またも予想外の妻のリアクションが返ってきた。なんと妻は、『子供のために離婚だけはしたくない。今後、浮気は絶対にしないから離婚はしないで欲しい』と泣きながら謝罪してきたのだ。どうやら、負けん気が強い性格だったので、謝罪するタイミングを失ってしまったらしい。納得がいかない部分もあったが、二度と浮気はしない！　という誓約書を書いてもらった」

好色な話で大いに盛り上がる彼らの存在を意識するのを止めて顔を背けようとした寸前、

その中の一人と視線が衝突した。快く思ってはいないわたしの気分を、察知したかのようだった。

光子の顔の特徴を、彼女をまったく知らない彼らに伝えたい衝動に駆られる。だが、わたしはすぐに言葉を失ってしまい、あまり残ってはいないコップの中の水を口に含む。

妙に整い過ぎている彼女の顔の造形が、不必要なまでに真面目くさった感じがして、突発的な思い出し笑いがしたくなる。次に横顔の造作を思い出すと、根拠なく悲愁に満ちた物語が、バイオリンの物悲しい響きとともに聞こえてきそうになる。やはりその真面目さが仇となって、わたしは失笑を堪えるのに必死にならざるを得なくなった。それは主に右側から見た場合であり、左側はまた別の表情がある。それもやがて人間の顔の体をなすのに必死。その懸命さゆえの滑稽さが、ペーソスを感じさせる笑いを再び誘った。

「これはどちらかといえばお茶の間向きだな」

わたしは滅多にない独り言を呟く。やはり、その場の誰も聞いていない。特に誰かに向けて言ったわけではないので、仕方ない。

生まれてはじめて入った喫茶店にて、サラリーマンたちの興味深い妻の浮気の話を聞いた数日経た後の早朝のこと。

とある仕事の打ち合わせ場所である喫茶店の向かい側の交差点で、信号待ちをしている際に、自分の背後にあった店のショーウインドにすっかり魅了されていた。

　以前、ここでコンクリート車が横転して、晩飯の支度のために近所のスーパーからの帰りであった中年女性が下敷きになって無惨に死んだ……そんな過去を無理に思い出そうとしなければ、一見どこの街にでもあるような平凡な交差点に過ぎなかった。

　その店には様々な国から集められた調度品が収められていた。

　花、動物、女性像などをあしらった数々のジュエリーにも圧倒されたが、何よりもルネ・ラリックやバカラのグラス、ドーム兄弟のランプ、などが贅沢な彩りを放ち、わたしをその場からいつまでも放さず、信号は幾度も変わって時の流れを忘れさせてくれた。このような大変高価なグラスをつかえば、「大五郎」みたいな安酒でもレミーマルタンのような芳醇な深みのある味と香りが沸き立つことになるから不思議である。

　わたしの友人はおしなべて教養のない人間が多く、ラリックの話題を振れば「それはバカラよりも価格は上なの？」と訊かれるのはまだいい方で、「エミール・ガレの方がいい」だとか「陳腐で悪趣味」などといった悪評を浴びせかけられた（ガレに関しては職人芸で手作りを重視した点において評価する部分も大いにあるが、他の熟練職人による細部のアレンジを容認していたのもあり、基本デザインを共有しながらも、細部が異なるヴァリエーション作品も少なくない）。これには毎度、何といっていいかわからない。確かにラリックのワイングラスなど価格ではバカラに勝るとも劣らないが、これは別に価格の上下の話ではないだろう。だが、我が国ではガラス、クリスタルのブランドとしてのバカラは確かに有名になった。

中でも特に無知蒙昧な友人の一人に、わたしのコレクションの中からとっておきのラリックの手によるジュエリーをひとつ、直接見せてやった。ラリックというと、十四歳にして弟子入りし、弱冠二十歳にしてカルティエなどの一流宝飾店に作品を納めていた天才的なデザイナーであり、職人でもある。しかし、ランプをはじめとするガラス製品のほうが有名かもしれない。そういうわたしも、そちらからラリックの存在に触れたクチだ。

その無教養な友人代表の一人は、その辺に置いてあるような安手のバカラで頭を殴られたような衝撃を受けていた。この世にこんな美しいものがあるのかと、目を疑ったそうだ。ガラスの工芸品はもちろんのこと、ジュエリーのデザインの斬新さ、また人間離れした細工の精巧さに感嘆の声を上げ、瞑想状態の表情になった。花や昆虫といった自然の題材をテーマとして、まったく嫌味のない誰もが美しいと思える絶妙な黄金率を持ち、これほどオリジナリティに溢れながらも万人を魅了するアーティスティックなジュエリーは、そのフォルムの優美さ、構成の確実さ、抑制された豪華さ、豊かなイマジネーションによる作品群で現代香水瓶の世界に孤高の地位を築いたラリックの作品をおいて他にはないと、友人は断言するに至った……その直後、パリに赴き、コティ社製の香水瓶などの大量購入をすぐさま決心したらしいのだ。

ガラスから放たれた温かな彩りに包まれながら、わたしは横断歩道の前で、信号の単調なシグナル音の拍子に合わせて、リズミカルに不明瞭なメロディを口ずさんだ……口を閉じて鼻、また鼻腔、副鼻腔を吐く息で響かせる事によって音域、音階、音量を調節し音を発生させメロディを奏でた。たまたま頭上の木の上の小鳥たちが、極上のコーラスを加える。

特に歌うことに自信を持っているわけではないが、わたしにはいつも何かの鼻歌を口ずさむ癖がある。それによって歌唱力の向上を狙っているわけでもないが、単に気分の良くなるものだから。

こういうときは、決まって花束が買いたくなる。辺りの花壇から一輪だけ拝借、ではとてもじゃないが我慢できない。

「花を買いにいく」

わたしは一人、信号の脇に立ったまま宣言した。高らかなドラムロールが心の中で響いた。朝に海辺で吹きつけられる風のような、すがすがしい感触が肌を刺激する、その寸前までは空気が淀んでいた。活気がないと、心にも影響する。雰囲気が暗くどんよりしていれば、心も暗くどんよりする。二酸化炭素の濃度が高くなる一方、酸素の濃度は低下して、空気も悪くなる。そこで必要なのが、花の存在。

お気に入りの花を買って、飾るべき。

花は何でもいいのだが、見ているだけで心が躍るような花がいい。ガーベラ・バラ・ヒマワリ・カーネーション・ナデシコ・パンジー・スイートピー・マーガレット。好みが合えば、観葉植物でもかまわない。

造花も悪くないが、やはり本物の花がいい。

本物の花は、二酸化炭素を吸収したり酸素を生み出したりなど、部屋の空気を新鮮に保つ効果がある。花があるかないかで、部屋の雰囲気は大きく変わる。部屋がぱっと明るくなり、活気が生まれる。花には、生き生きした新鮮な生気に満ちている。部屋に花があると、否定的な感情で落ち込んでいるとき、花が「元気を出して」と語りかけてくれる。傷ついた心を美しい花が癒してくれる。失われた元気を、陽気な花たちが補ってくれる。

「花に負けるか。自分も花のように美しく生きていこう」と思えるようになる。

何よりも晴丘光子の墓に相応《ふさわ》しい花を、わたしはまず先に選ばなければならない。


それにしても、なんと晴れやかな気分なのだろう！

まだ背後にあったラリックやバカラのグラス、ドーム兄弟のランプ、などが優雅に並べられたショーウインドに、満面の笑みを浮かべながら、わたしは勢いよく振り返って光の交差する中に飛び込む空想に思いを馳せる。

砕け散るガラスの水晶。ナイアガラの滝に思い切って入水するような、大胆な水しぶきの一つ一つに、太陽の大らかな表情が映り込む。その中の一つに晴丘光子の、異なり合う三つの表情も加わった。固くこびり付いた血液の汚れが光を遮って、決して鮮やかな像ではなかったのだが、それは間違いなく彼女の面影だった。自然に笑みがこぼれた。

悲しみの遺言状

「何故わたしを凝視していたのですか？」

遠くからすれ違い様に、女は迷惑そうに言った。他人の腕を凝視して、何かを言われたのは初めての経験だったので、少し面食らって、狼狽《うろた》えてしまった。

「いや……正確には左の肩の方を見ていました。左の腕が背の方に廻って見えなかったので、片腕がないのかと思って、気になって、つい見てしまいました」

どちらかといえばコンサバな服装の女性は、美しい顔立ちをしていた。片腕と見紛ったのは、咄嗟に出たウソではなかった。何となくぼんやりと、通りすがりの美しい女が片腕しかないように見えただけだ。

じっと目を合わせているのが、相手に失礼な気がして、思わず逸らして、彼女の背後で彼女の後ろ姿を映しているガラス張りのビルの方を見た。そこにはちゃんと左の腕もあったのを確認した。

会話は一瞬で終わり、秋らしい柔らかな陽射しの中に見知らぬ女は消えた。あとには空虚しか感じられない青い空と、路上に落ちていたゴミに無駄に生命を与える、カタカタという風のささやきだけが残り、それすらもわたしには何の用もないビル群の合間をすり抜けて去っていった。わたしは彼女の後ろ姿を追い求めて、よそ見をしていたばかりに、地面に落ちていた菓子パンに躓《つまず》きそうになった。商品名が印字された袋に入ったものだった。コンビニの万引き犯が、店員に追われながら落として行ったものなのだろうか。いずれにせよ、賞味期限が切れていなければ袋から出して食えるはずのものだった。

振り返ると老婆がビルとビルの間の路地に、ひとりで段ボール箱の上に腰を下ろしていた。一瞬、トーテムポールみたいな彫像かと見間違えた。深い皺が刻まれた顔で、とても険しい顔つきをしていた。それはわたしが微笑みを向けても、変わらなかった。何か難しいことを考えている最中だったのかもしれない。本来ならば柔和な性格で、声をかければ丁重に接してくれるはずの老婆の、殺気ばしった恐ろしいまでの陰気な目つき。

二階の喫茶店の席に座った。ちょうど真向かいの壁一面のガラスからの光景の細部を目で追っていくと、片腕がないと錯覚した女と遭遇した場所を眺めることができた。

そこでわたしは、小林を待っていたのだった。丸顔に似合わないサングラスの、やはり丸々とした体型の太った男。

店内にはやたらと馬に関する絵や写真パネル、木彫りの像が置いてあって目立った。だからといって、乗馬好きや競馬ファンが集まる店という感じは、微塵もしなかった。しかし、近年珍しくどこかクラシカルで、ヨーロッパ的な大人の雰囲気を提供してくれる店だ。上品な態度のウエイターにコーヒーを注文すると、他に何もすることがなく、外をひたすら眺めた。

通りを行き交う人々がそれぞれ何者で、いったいどこへ向かおうとしているかなど、まるで考えることなく、ただ黙って見つめて過ごすのは、大変に精神が安らぐ。やたら人は行き来しているのに、やけに静かだ。道を行く様々な人物たちが、いわくありげにわたしの意識に立ち現れ、好きだの嫌いだのという感情が起こることなどなく、結局彼らはわたしに対して何の用事もないので、瞬時に次々と消えていく。ぜんぜん観る気の起きないテレビのチャンネルを、ただ無目的に回して過ごすかのように次から次へと。

数分もしない後に、待ち合わせに知人と一緒にやってきた人物が、片腕がない錯覚をさせられた女であったのは驚いた。

「先ほどはどうも」

わたしが常に新しい女性との出会いを渇望しているのは本当だ。

小林が以前から紹介したいと言い、「会うだけだ。会ってみればいい」と。その半年後、わたしが「会ってみてもいい」と勿体ぶった態度で許諾して、やっと会えた女だった。

さらに傍らには五歳くらいの小さい男の子がいた。眉を寄せ、口をあけたまま、何も考えていないようだった。カツラを被っているように見えてしまう不自然なヘアスタイルが、うな感じがした。

悲しい雰囲気を醸し出している。定年間際の中年が、そのまま幼児に無理矢理退行したよ

「この子は？」

特に興味があったわけではないが、やけに悲しげな雰囲気がわたしの気を引いた。一瞬、群れからはぐれた小猿のように見えた。

「特に誰かの子供というわけではない。気にするな」

小林が冷たく言った。

確かに彼女は子供に対してよそよそしく、最初から母性のようなものは一切感じさせないところをみると、どうやら実際に彼女の子供ではないのだろう。

わたしは教育関係者ではないから、特に子供の気持ちなんて考えたことはないが、この場にわれわれのような大人と一緒にいるのは、子供にはさぞかし退屈な状況であるに違いない。大変居づらいはずだ。

「母性なんてものを醸し出すようになったら、女なんて賞味期限が終わったようなもんだよな、佐枝子」

彼ら三人はいまだ席に着かず、小林の傍らに女と子供がいた。

「ええ、そうよ。そうであるべき」

彼女が初めて微笑んだ瞬間だった。

「片腕を失うなんかより、よっぽど辛いわ」

結局子供の方には、まったく見向きもしなかった。わたしとしては、この子に申し訳ない感じがしてきた。大人が三人もいるのに、誰一人子供のご機嫌を伺わない。寧《むし》ろ、蔑《ないがし》ろにしている気さえする。そういったクールな対応は、わたしにとって大変心地よい。ましてや親は不在なのだから、無理して気を使う必要など、どこにもなかった。

真向かいのガラスを背にした席に、ようやく小林と女が座る。子供は着席を許されていないのか、我々のテーブルの横に突っ立ったままだった。わたしが空いたままの自分の隣の席を勧めればよかったのであろうが、不思議なことにそのような親切な考えは、そのとき一切浮かばなかった。この子供の親がどこかに隠れて一部始終を観察しており、「ウチの子に関心を持ってくれた」などと勘違いされるのが面倒であったのか。

それより目の前の佐枝子という女にすごく興味があったし、直接彼女の口から身の上話が聞きたかった。だが、わたしはそういった欲望が裏目に出て、何故か興味のない人物とかどうでもいい事象ばかりが意識に入ってきてしまう病いを抱えているようなものだった。例えば、店の壁にある時計の裏側はどうなっているのか、など。

店内では菅原洋一の歌が、ここはロック喫茶かというくらいに爆音で流れていた。曲は『知りたくないの』。どう聴いても、ロックとはほど遠い音楽だった。

小林は二十年位前に大病を患った。突然歩けなくなり、車椅子生活を余儀なくされたのが約三年半も続いた。

足が動かないのは精神的に厳しかったうえに、大学在学中（そのときからいまも、決して片時も外すことのないサングラスは同じものだった）に母を亡くす苦境を乗り越えなければならなかった。一時は両足切断か、という決断も迫られたが、必死にリハビリに臨んだ。その傍ら全国の偉人の墓を訪ね、その足で地元の子孫の話を直接聞いたりして、改めて自分で調べると意外に地道な彼らの苦労のエピソードを知ることができた。

その体験が自分を見つめ直す切っ掛けになったようだ。病気を通して、「人を簡単に救うことは出来ないけれど、過去の偉人から学んだことで、人をこれでもかと励ますくらいは出来るんじゃないか？」と。

「ようし、オレはこれからの人生、徹底的に人を励ますぞ」が口癖だったと、酒の席でよく当時を振り返る。また、「自分が体を悪くし、弱い立場になって初めて分かることがある」と、社会福祉団体に、ネットで全国から買い集めた中古の車椅子を二千台寄贈した。震災の際には、「偉人達の遺志を受け継いだオレの力は人の心に無力ではないはず。とにかく人を励ましたい」と、各地でチャリティーを開催し、ボランティア団体の活動資金に親からの遺産である大金を寄付した。

いまではかつての車椅子生活がウソのように、立ち上がって歩いてどこへでも赴き、さらに最近では学生時代からの野球を再開し、地元の仲間で結成したチームで二番バッターとして活躍中である。実際の試合を観たことはないが、猛烈打者としての評判は高い。

小林がまだ車椅子に乗って闘病中であった頃に、彼の主催していたイベントで知り合ったのだ。開始時間も終了予定時間も書いていないイベント予告のビラを偶然手に取り、会場に行ってみれば、すでに始まっており、始めも終わりもなく延々と偉人の苦労話に熱弁を振るっている小林がそこにいた。彼によれば偉大な人物は、どれも例外なく生まれて死ぬまで苦労というか苦難に満ちており、それには始まりも終わりもないのだと説く。特定の偉人の名前は終始挙げられることはなく、その話がいつ始まって、いつ終わったのかもよくわからなかったし、そもそも彼にとっての偉人とは苦労が絶えず、つねに苦悩の中にいるべきで、苦難が去って栄光を手にしてしまったり死んでしまえばただの人。その渦中に現在も身を置いていなければ偉人でもなんでもないというわけだ。実際、彼が熱く語る偉人たちの話は、寄せ集められた偉人の話のエッセンスの継《つ》ぎ接《は》ぎに過ぎず、それでは確かに名前もないわけだ。ウソでもよいから実在の一人に絞って、名前くらい与えてやればいいのに。あまりに取り留めもなさ過ぎるので、聴いていた観客達は大変困惑するしかなかったし、その話を最初から最後までちゃんと聴いていた者など一人もいなかった。ビール片手に「どこの何を成し遂げた、どなたについて語っているのですか?」とたまに訊ねる者もいたが、往々にして「その人物については冒頭で説明したので割愛」と言うばかりで、まるで相手にしなかった。一応、舞台にはテーマとなっているそれらしき人物の、不明瞭な写真パネルは掲げられていたのだが。

　そういった小林の過去について丁寧に、呑気な子供に説明してやろう、と一瞬考えたのだが、恐らく何一つ話を理解できず、ポカンとするばかりで無駄な努力に過ぎないだろうと予測できたので思いとどまった。とても賢い子には見えなかったのだ。

　心の中では詳細な説明を期待していたのを、わたしに裏切られた腹いせなのか、突然子供はぴょんぴょんと無邪気に、目に見えぬ子馬に乗ったかのように、縦横無尽に店内を跳び回り始めた。店内では、まだ菅原洋一の曲が流れていた。いまだに曲は『知りたくないの』。そんなに長い曲ではないはずなのに、まだ同じ曲が終わらずにいた……これを歌っている菅原洋一の姿を思い起こすと、彼が歌っている途中にステージで泣きながら崩れ落ちる光景が浮かぶ。しかし付き人と思しき青年が毛布を両手で広げて、ステージの袖から近寄り、菅原洋一の肩にそっと被せる。その毛布はガード下で浮浪者が包《くる》まっているもののように汚い。ステージは終了したのに曲は終わらず、菅原洋一はまだ毛布の中ですすり泣くまま撤収……この曲を有線でリクエストする人間もそうそういるわけではないから、CDプレイヤーで、何度もリピートされているだけだと思われる。右翼の街宣車が来たかのように、音量が必要以上に大き過ぎて不快だ。音が汚く割れている。もしかすると菅原洋一の歌は、この店内にいる何者か（例えば厨房に隠れている従業員など）の、聞きたくもない悲痛な叫びを代弁しているのかもしれなかった。

子供のはしゃぎ振りは、より激しくなる。われわれだけでなく、他の客にとっても迷惑だろうと思ったのだが、保護者はここにいる誰でもないので注意するわけにもいかない。わたしと小林、佐枝子の三人は困惑するよりも見て見ぬ振りするほうを選んだ。まだ何も注文の品はなく、黙って冷たい水を飲むしかなかった。他の客に対応するのが忙しいウエイターも、まったく咎める気配はなかったし。よほどの子供好きで大目に見ているだけか、まるで関心がないのか。

特に楽しそうな表情はしていなかったし、はしゃぐようなキャッキャした奇声を発しているわけでもなかったので、正確には子供特有の清々しい無邪気さはなかったかもしれない。時折、鳥のように両手をバタつかせる瞬間もあったが、心の底から噴出するような何かを咄嗟に感じて、鳥類のように空に自由を求めて身体が自然に動き出したのを、止めるわけにはいかなかったのだろうと思う。そうした衝動は、幼いときにわたしにも何度かあった覚えがあるので、そのせいでわたしは子供に苦情を言う気が一向にしない。だが、微笑んで眺めるような気持ちの余裕がないのも確かだった。思わず胃が痛くなったが、それがこの状況のせいなのかはわからない。

やりきれなくなって、わたしは胸ポケットからタバコを取り出して吸った。煙がゆっくりとたなびいて、夕刻の田園風景の中で野生の馬たちが自由に走る絵に、吸い込まれるように消えた。次は近くにあった木彫りの馬に、わざと狙ってタバコの煙を吹きかけてみもした。そうすることによって、馬たちに生命を吹き込もうと無意識に試みたのか、しかし当然のように何も起こらなかった。

心の底から子供の無邪気さには興味のない佐枝子らしく、いかにも退屈している様子だった。まだ彼女の職業について訊いていなかったが、ベビーシッターや保母などの仕事には向いていないのは明らかだった。やがてウエイターによって運ばれたアイスコーヒーとショートケーキも、美味しくなさそうな態度で口に運んでいた。実際に不味《まず》かったのかもしれない。

小林はどうかといえば、わたしや佐枝子の姿を時折ジロリと見ながら何をしているのかと思えば、持参した黒いポーチの中に収納されていたスケッチブックを取り出し、鉛筆でデッサン。彼に絵心など、彼の外見からしてある筈もなかったし、そもそもサングラスをしたまま絵を描こうとしていることからして絵の素人なのがわかるというものだ。

そういった雰囲気のせいか、われわれの喫茶店での会話はショールームに置かれた冷たいマネキン達のようにまったく弾まなかった。反対にわたしたち二人をサクサクと軽薄な筆さばきで描いた小林の鉛筆画は、無論下手くそで鑑賞に堪えなかったが、その寒々しい雰囲気だけは異常なまでに的確に捉えていたのだった。確かに筆の動きに反して、その表情は非常に厳しい陰気なものであったのは間違いない。

夕刻が近づいたせいだろうか、ガラスの外を見ると、さきほどより町並みが地味に思えた。時計を確認すると、午後六時半。さっき自分が躓きそうになった袋入りの菓子パンが、拾われずにまだ道に落ちているのが、遠目にもはっきり見えた。通行人に幾度か蹴られたのか、多少位置を移動しつつ、いまだに存在していた。このままでは開封されないまま誰の口に運ばれることもなく、ゴミ清掃の人間に回収されて、やがて破棄されるだろう。工場の無人の機械で毎日大量生産される菓子パンは、調理した人間もおらず「おいしい」などと誰の期待にも応えず、誰にも感謝されぬまま消費されていく末路が想像できた。

いつの間にか、わたしは喫茶店を背にして路上に立っていた。肺に入ってくる空気が、新鮮に思えた。

目の前には赤煉瓦の高い建造物があった。窓は一切なかった。

さっき喫茶店で飲んだばかりなのに、そばのセブンイレブンでコーヒーを買って、壁面を眺めながら飲んだ。

「これは地味な塔というか、窓のない凌雲閣というのがピッタリくるな」

わたしは呟いた。

晴れた日に最上階から見る眺めは、素晴らしい眺望に違いない。但し、最上階においても、窓の類いは見受けられない。

界隈の下水や溝が臭って、鼻腔を刺激し始めた。

絵葉書なども売っているタバコ屋とも何ともつかないシャッターが閉まったままの怪しげな店に影のような女が裏から出たり入ったりしているのが目に入る。その周辺には薄暗い照明の家が何軒も軒を連ね、それぞれに何者かが潜んでいる気配を感じた。

コーヒーを飲み終わると、途端に退屈でたまらなくなったので、本来ならば窓があるべきところを見つめて、そこに窓があるのを想像した。

だが、いくら窓があるべきところを凝視しても、予想に反して大した退屈しのぎにはならなかったのは残念だった。人通りが少なかったせいか、突然酷く見窄《みすぼ》らしい六十過ぎの女が壁面の前に現れて、わたしを驚かせたが、深く興味を引くまでには至らなかった。退屈どころか、視界に入れるのも嫌で堪らなかったのが偽らざるところ。グロテスクなまでに不釣り合いな、見事に揃った歯を、ゼンマイ仕掛けのチンパンジーのように剝《む》き出した。女性に暴力を振るうのは決して趣味ではないが、もし空手の道場に通っていたら間違いなく即座に叩きのめしていたであろう。もし免許を持っていれば猟銃で標的にして射撃を楽しんだ。彼女の歩いている先にある、茂みのそばの浅い窪地に束ねられて置かれた週刊誌などの資源ゴミが回収されずにいる。そこが墓場に相応《ふさわ》しい。布切れ、紙くず、空き瓶。止まずにいつまでも降り続ける雨と、猛暑による腐敗した匂い。警察の現場捜査員が六人ほど来て、六十過ぎの女の見窄らしい死体と一緒にあった古い雑誌と布切れ、紙くず、空き瓶が事件と関係あるのかないのか判断に苦しみ、首をひねる。判断不可能であれば、すべて採取して署に持って帰らねばならない決まりがあるからだ。回収されたゴミは、大概被害者や犯人のものと関係がなく、結局は何の役にも立たないただのゴミでしかない。『おれは女を殴る』という読みかけの犯罪もののベストセラー小説の影響なのか、そんな暴力的な空想をしていると、意外に時間が過ぎていった。

よく見てみれば、その六十過ぎの見窄らしい女は、さっき路地で見かけた険しい顔つきの老婆と同一人物だったのかもしれない。以前よりは若干若返ったかのように感じたが、気のせいか険しい表情がそのまま醜い顔になってしまったようで、腰を下ろしていた段ボール箱がより薄汚いものになり下がったように感じた。深い皺に表情が埋没している。仕方なく微笑みを向けても、変わらない。何か特別に難しいことを考えている最中だったのかもしれない。本来ならば柔和な性格で、声をかければ丁重に接してくれるはずの老婆が、数時間前よりも増して、さらに恐ろしい呪いの目つきの表情。それは以前、バンクーバーの空港に行ったときに見た先住民の彫刻である巨大なトーテムポールに、非常に酷似していた。ガラス張りの回廊から見えた現物は鳥や人の顔が積み重ねられたユニークさが際立っており、恐ろしさよりも「カナダ先住民と西欧文明の現代カナダとの融合」が勝っていた。世界で面積が二番目に広いカナダ。わたしたちがカナダの山岳地帯に魅力を感じるのは、そこに何も開発されていない純粋な自然があるためだ。原生自然は、既に多くの国々では失われてしまったが、カナダにはまだまだ色濃く残り、本来の姿で保護されている。

ロッキー山脈やナイアガラの滝は、カナダの代表的な観光地として既に有名だが、それ以外にも数え切れないほど美しい景色がある。夏は大自然の中でキャンプを楽しみ、冬は広大なスキー場で、スキーやスノーボードを楽しんだりすることができた。わたしはどんなときでも先住民やヨーロッパからの入植者たちが好んで履いていたモカシンを、片時も脱ぐことができないでいた。素朴かつ実用的。肌寒い季節になると恋しくなる。足が疲れにくいところが、なんとも得した気分に。柔らかく、履き心地がとても良い。単に履くだけで、何だかおしゃれな気分になれる。履き始めでも、決して靴擦れにならない。革が柔らかく、足に馴染むモカシンをスニーカー感覚で履きまくる毎日。

険しい山中を歩くようなタフな状況にいるのを想像しながら、馬とインディアンの絵柄が足首までを覆うビーズで飾られた袋状の靴のつま先をじっと見つめたあと、わたしは背後の喫茶店に戻った。

まだ店に小林と佐枝子はいたが、菅原洋一の曲はもう流れていなかった。最初から音楽が当たり前のように流れている空間が無音になると、すぐさまに別の未知の場所に来たような錯覚に陥った。

壁の漆喰が解体業者によって、わたしがいない間にすべて剝がされてしまったあとのように感じた。無論、そんな感じがしただけで、実際には何も変わっていなかったのだろう。だが、再び入店した瞬間、大量のアスベストを吸い込んだような錯覚に捉われたのも事実である。アスベストは、目に見えない大きさで飛散し、肺に吸入されても石綿繊維が分解されないという特性があるため、工場での労働やビルの解体工事など、ある特定の条件下で長期間アスベストを吸入した場合、人にじん肺や悪性中皮腫などの健康被害を生じさせると言われている。だが発病するのは高濃度のアスベストを十年以上吸入した場合がほとんど。長期間での高濃度吸入で健康被害のリスクが高まるのは当然だが、どれだけの量を吸ったら発症するかという点については不明。心配な場合は呼吸器科を標榜している医療機関に相談されることがお勧めであり、今後の研究にも期待が高まる。

定点観測用に天井から設営されたカメラが撮影した写真を数点、個人的に参考資料として警備会社から入手して見せてもらった。小林や佐枝子の姿など、店内の客の姿を映したものが多数を占めたが、最後の一枚に店内の空間を自由自在に動き回る判別不可能な「光体」の残像のようなものが映っていた。結果的には、カメラの故障が原因であるという報告で決着がついた。

確かに再び店に入って元の席に座る前に、その急激に慌ただしい雰囲気に飲み込まれた。それは光体の激しい移動というよりも、ミラーボール的な照明演出、派手な衣装をつけた者たちの闇の中での蠢き。ズームイン、ズームアウトを反復する視線の派手な動き。

しかし、以前から店内にいる客はその変動に気がついていないようで、コーヒーを啜り、孤独に読書する者は店内の照明など気にせず没頭していた。あるいは気がつかない振りをしていたのだろうか。特に喫茶店の営業時間が終わり、別形態での夜の営業が始まったというわけでもなさそうだった。

「これからはパブに変わるのか？」

不安に駆られ、わたしは小林に訊いた。

「いや、特にそういうわけじゃないだろう」

店の人間でもなく、この店の常連でもないのに、彼は平然と言った。店先やメニューには、確かにそんな告知もない。

まだ店にいていいのか判然とせず、席につかずにわたしは立ち尽くす。

佐枝子のアイスコーヒーとショートケーキは、ぜんぜん減っておらず、極度に不味いせいで飲んだ振り、食べた振りをして見せただけだったのか。コーヒーもただの色水。ケーキも食玩。だが、そんなものを用意するよりも本物を出したほうがより面倒でなく効果的だろう。

落ち着いてこの店になどいられない。飲食だけでなくリラックスを提供すべきなのが喫茶店なはずなのに。

この店のすべてが急場でこしらえた偽りのように思えてきた。昨日までは存在していなかったかのようだ。壁もカウンターも安手のベニヤ板。何者かに雇われたウエイターも、実は売れない俳優で、確かに適当にテレビで放送されているドラマの脇役（やはりウエイター役）で見たことあるような……但し、普段はアルバイトで糊口を凌ぐためウエイターをやっているから、あながち演技でもない。

喫茶店で立ち尽くす自分を、ひたすら客観視する。いつまでも立ったままだと、果てには誰かに注意されるのだろうか。誰か苦情を述べる客が出てくるまで、立ったままでいつづけるのも（疲れるだけだが）悪くはない。

小林も佐枝子も特にわたしに何か言うでもなく、ただひたすら指定された自分の役柄を黙々と演じているように思えた。いまの彼らの心境を知りたくはなったが、とりあえずどのように訊ねればいいのかがわからない。

「うーん、どういうことなんだろう……いったい何のために」

とりあえず小林に訊いた。

「何が？」

取り留めもないことを訊こうとしているのだから、相手も困ったことだろう。

だから結局、わたしは黙って、鉢植えになった気分で店内で立ち尽くす。ただ店の奥のほうから徐々に近づいてくる、うねりのような空気にいつ飲み込まれるのか、緊張は高まる一方だ。

「座れば」

やっと小林がわたしに言った。それまでにどれだけの時が流れたのか。

「うん」

わたしは席についた。

佐枝子の微笑みが、視界の片隅に入った気がしたので、彼女のほうに目をやった。特に微笑んではおらず、どちらかというと無表情だった。

自分も日常で、無意識に無表情であるのを選択しているのかもしれず、いちいちその心境を尋ねる必要があるのだろうか、という気分になった。

ただ自分も席に座った以上、喫茶店に来た平凡な客になりきらねばならないだろう。いくら他人と一緒にいて沈黙に耐えられないとはいえ、野暮な質問は控えたいものである。

所詮、割り振られた役の演技であったとしても、佐枝子は観客としてのわたしからどのような性格の女性として認識されるよう目指しているのか。でもそれを直接訊くのは、やはり野暮で、わたしの流儀には反する。

とにかく、この店の雰囲気が耐えられない。店の奥が、急に異次元とのトンネルと繋がってしまったような……かつてのクラシカルで、ヨーロッパ的な大人の雰囲気（なのに流れているのは菅原洋一のムード歌謡！）を提供してくれる店だったのが、いまでは信じられない異様な様相を呈し始めていた。

自分の飲み物がない。もうすでに店員によってコーヒーカップは下げられていたのだった。再度、コーヒーか何か注文するしかない選択に迫られていた。

しかし、ウエイターがこちらに来る様子は、まるでなかった。というか、先ほどまでウエイターらしく忙《せわ》しなく、客のいたテーブルを拭いたり、飲み干したカップを洗ったりしていたのに、その姿が見えない。厨房に隠れてしまったのだろうか。それとも調理に時間のかかるスペシャルな料理でも用意しているのか。多分メニューに記載がなかったので、それはないだろう。

正直、厨房に押し掛けるまでに切羽詰まったものではない。別に何も注文せずに好きなだけ店にいていいのなら、こんなに都合良く経済的なこともない。それに店の舞台裏ともいえる厨房で、すべてが仕組まれた茶番である証拠を見つけてしまった際の心構えが、自分にはまだない。

しかし、水しか置かれていないテーブルで、何食わぬ表情で落ち着いて座っていられるような度胸もなかった。

「佐枝子さん」

一人で黙っていても、携帯もいじらず、読書に勤しむこともせず、「退屈だ」と欠伸やため息を出さずにいられる彼女の目を見て、わたしは話しかけた。

「何ですか?」

ごく真っ当な返答だった。

「この店はどう思いますか？」

自分でもどうかと思うほど、ざっくりした質問だ。わたしはそう言い終えると、馬とインディアンの絵柄が足首までを覆うビーズで飾られた袋状の靴のつま先を見つめた。他に視線を向ける場所が思いつかなかっただけだ。モカシンの靴など、そもそもこの店の雰囲気にあっているのか定かではないが、特に問題はないだろう。調度品の中にトーテムポールの一つでもあれば、なお安心。だが、必死になって店内を見回したが、多分ない。

しかし、得体の知れない不気味なパワーによって、店全体が奥に出現した異次元のトンネルに吸い込まれていく感覚は、より進行するばかりで、彼女はその不穏な動きに一切気づいていないのであろうか。わたしにとっては、かなりの緊張を強いられる。胃が一層痛くなってくるのだ。

「どうもなにも平均点の、これってどこの町にでもよくある喫茶店のひとつに過ぎないんじゃないのかしら」

やはりそれが万人が即座に返す、模範解答というやつなんであろう。

「ふむ、平均点ね……やはりコーヒーを一杯頼んだだけじゃ、自分が店を評価する基準を語るにまで至ってないわけね」

無様なまでの意見する資格のなさ。というか、わたしの意見など誰も訊いていないし、そんなものは誰の役にも立たない。

「ここを出ませんか、一緒に」

すでに店ごと異次元に吸い込まれ、完全なる崩壊の危険の一歩手前……なのか二歩手前、あるいは三歩手前なのか、もうよくわからなくなってきたし、もうどうでもよくなった。役者志望のウエイターも、すでに違う次元の波に飲み込まれてしまったのだろうと思う。この世界で二度と会うことはあるまい。

オルフェ気分で後ろを振り返らずに、店を出る。会計は済ませたか不安。わたしと佐枝子が去った後には、ただの闇だけが残ったはず。

ビル街を女とすり抜ける。吹いてきた向かい風が、ビル群によって発生するビル風なのか、ただ普通の風なのかどうでもよく、われわれは突進してくる野獣じみた風に立ち向かって歩いた。

途中、コンビニに寄りたい衝動に駆られたが、結局寄らなかった。商品棚を見る前に、特に何も買いたいものが思い浮かばなかったからだ。

「用事がないのに、ついコンビニに寄ってしまう癖ってあるじゃないですか」

連れ添って歩きながら、わたしは佐枝子に言った。

「いや、ないですね。買うものなんてない、コンビニでは」

妙に感心した。本当に必要なものなどないのに、特に理由もなくコンビニに行ってしまう依存症になる人間が多い昨今、こうはっきりとアンチコンビニエンスなスタンスを主張する女性など、なかなかお目にかかれないものだと考えていた。

それに比べたらわたしなどはただの俗物で、毎食コンビニで買ったものを温めて食べているだけのようなものだ。そんなイージーな食生活には、きっと落とし穴がある。

結局わたしたち二人はコンビニになど寄らなかった。ビニール袋に入った商品などひとつも持たず、完全なる手ぶらだった。

それでも何か幸福を予感させるような、ひとときではあった。

ビル街を彩る周囲の白樺のような白くて細い樹木が、何となくそう遠くない冬の到来を告げているようだったが、いまはまだ夏から秋にさしかかったところなので、それは気のせいに違いなかった。

佐枝子と行く先々で出現するコンビニの看板に、いつも目を逸らした。無邪気に何の疑問も持たず、コンビニに出入りして不味いものばかり食っていた以前がすでに懐かしく感じられた。これだけ同じような店構えで、同じような商品ばかりこぞって売りつけるようなマンネリズムが、何だか醜悪に感じられて不愉快だった。訪れる若い客たちも、コンビニの異常性に気づいたらしく、いまでは店の近くまでしか近寄って来ない。人混みが一軒のコンビニを取り囲み、そこに店があるのに気づくまで少し時間がかかった。その中にはコンビニに向かって原始人さながら石を投げ、インディアンの襲撃の雄叫びを店の前で上げるという野蛮なやり方で店員を威嚇する者までいた。そういう人間に限って、普段はいつ会っても礼儀正しいのは驚きである。

そもそも巨大コンビニチェーン店の二階は、大抵は売春組織に使われている……そんな業界を大きく震撼させるスキャンダル疑惑を知ったのは、いったいいつのことであろうか。

街全体がにわかに静寂になって、わたしたち二人が発するコンビニ業界に対する意見を待っているようだった。

しかし、そういったタイミングで、また佐枝子は喋るのに消極的な女に戻ってしまった。これでは多少お高くとまっていると周囲から文句を言われても仕方がないだろう。さらなるイメチェンをはかる必要に迫られていた……少なくともコンビニ業界全体を納得させ、その筋の権力者を黙らせる発言を心がけなければ。

行く先々で遭遇する地元の人たちと話しても、こうした問題に真正面から取り組もうという意志がある人間は皆無であった。

彼らは単に並外れてシャイなのかもしれない。とはいえ、彼らも黙っていてはいつまで経っても希望通りの世の中にはならない。

特に会話するわけでもなく、わたしと佐枝子が互いに黙って夜の街を流れて行き着いたのは、何ともいかがわしい場末の繁華街だった……ズバリいえば風俗街というべき場所だった。キャバレーやラブホテルだけでなく個室マッサージ、アダルトビデオの販売と鑑賞ブースなどが軒を連ねる中、アダルトグッズを専門とする店の明かりが放つ華々しさには特に目を奪われた。

その頃〝食べられる大人のおもちゃ〟との触れ込みで発売されたものがＴＶや週刊誌などで大変話題を呼び、飛ぶように売れているという報道を目にした。男女同性愛問わず、性的欲求を最大限に満たし、最終的には美味しく食すことが出来るという、誰もが待っていた未来のグッズ。実際のところ、購入して実際に使用しないとどのような商品なのか理解ができない特殊な代物ではあったので、多くの人間から関心は持たれたものの、高価というのもあり、現物を手にした者はごく僅かというのが実情であった。商品の性格上、通常の店舗では扱えず、通販や訪問販売などを中心に地味に展開するしかなかった。定番のオナホールはもちろん、バイブレーターやローションなど、あらゆる大人のおもちゃの優れた部分をすべて取り入れ、尚且つ食品としても優れた栄養価を誇る……使用後、食べて消費できるという究極のエコ商品。どんなものでも、洗えば口にできる。勿論自慰行為中、誰かが不意にやってきて見つかりそうになった瞬間、それを食べて自慰の証拠を巧妙に隠滅する……それが可能であり、最も人気の秘密だった。とにかく、おとなのおもちゃの選び方が分からないという人は、これを購入すれば絶対に間違いがなく、使い方がわからなければ、ネットで動画や口コミを参考にして使えばいい。濃密な夜をもっと素敵な時間にしてくれる要素が満載。初心者の方もフェチな方もカスタマーの皆さんが満足して楽しんでいただけるようなさまざまなジャンルのアイテムの要素をすべて網羅。いつでも好きな時間に注文出来るからとても便利！　それが、どんなに卑猥な形であったとしても、ネットで選ぶので誰にも分からないから安心して注文出来る。宅配業者の人にも、中身が絶対に分からないように注意して梱包しているから安心。女性の方が初めて使ってみようと思った場合、いちばん使いやすいのはローター的な使用法。まずはバイブと思われがちですが、ローターが無難。スウィングなどの機能も搭載しているが、初めておとなのおもちゃを使う方にも抵抗なく使用可能。価格もお手頃で見た目もかわいいので手を出しやすいかと。慣れてきたら挿入する機能や、高機能のローターの要素もカバーしており、大は小を兼ねるとは、まさにこのこと。男性が女性に使う場合は、贅沢に高機能のものを使ってみたがる傾向にあるが、初めての女性に対しては初めはソフトなものを選択すべき。「どれだけ派手に性器を刺激できるか」に決してこだわってはダメだ。

最近〝食べられる大人のおもちゃ〟のレシピ本を、大手出版社がこぞって出版して、どれもみなベストセラーの上位を数ヶ月にわたって独占した。マリネにしたり、パスタとあえたり、ちらし寿司に混ぜたり……ジューサーミキサーで液状にして毎日の健康のために飲んだり。どんな調理法でも、誰でも美味しく食べられるので、多国籍の人々が集うパーティには持ってこいのオールマイティな食材なのではないか。

しかし、この商品のもっとも優れた点は、大人のおもちゃとして十分に機能を発揮しながらも、実物はそれだけに収まらない究極の「多様性」にあるという。「みんなちがって、みんないい」と、かつて詩人の金子みすゞが表現したように、様々な既発商品がそれぞれ持っている個性が流通されることによって、いままでの経済は成り立っていたのだが、この衝撃的な発明品〝食べられる大人のおもちゃ〟の登場によって、これからはすべてがこれ一つでOKになった！　イノベーションはニッチなところから、また、既存のものにほんの少しの新しい何か、異質な何かと出会った際に生まれる。これぞ、ヨーゼフ・シュンペーターが『経済発展の理論』の中で言うところの「新結合」の賜物である。

「多様性」はクールなものであると捉えられ、学校教育では、ひたすら「多様性」の大切さを学ばせられた。それが〝食べられる大人のおもちゃ〟の登場によって、「多様性」も究極を達成した。多機能ナイフ以上の発明として、全世界で賞賛の嵐と共に受け入れられたのは記憶に新しい。〝食べられる大人のおもちゃ〟といういかがわしい商品名のせいで、その「多様性」が判りにくくなってはいる。勿論、食べようと思えば、どんなものよりも美味しく食べられるし、すべてのセクシャリティに最大限の快楽を提供しつつ、それに留まらないのが、この商品の最大の魅力なのだ。

わたしは〝食べられる大人のおもちゃ〟に非常に興味を持っていたし、実のところ佐枝子も大いに関心を抱いていたので、意見は一致した。だが、二人ともいまだに実物を手に取ったこともなければ、残念ながらパッケージですら目にしたこともなかった。

以前には「コストコ」などの量販店で取り扱っているものだと思い込んでいたが、アダルト商品として端を発している以上、どうもそういうわけには行かないらしい。だから風俗街にあるその手の専門店に行けば、入手困難と思われていたそれが平然と棚に並べられて売っているに違いない。

「どんなものでも、その用途を根気強く探求すれば、きっと何かの役に立つ」というのが、いままでのわたしの座右の銘であった。

だが、恐らくこの〝食べられる大人のおもちゃ〟があれば、きっと余計な何ものをも必要としなくて済む社会が実現するに違いない。世界のすべての老若男女が〝食べられる大人のおもちゃ〟を平等に手にして、笑みの永遠に絶えない世界が実現。災害がまたどこかであれば、救援物資としての需要もある……あらゆる物の代用品としての活躍が期待できる。子供には大人のおもちゃがいったい何なのか、細かく教えなければ問題がない。

結局、どのいかがわしい店に入っても〝食べられる大人のおもちゃ〟を販売している様子はなかった。店員に訊ねても、そのような商品が存在していることすら知らないというのだ。ひょっとすると現実には存在していない、ただの幻に過ぎないのか……段々と自分が信じられなくなってきてしまった。

若干懐疑的な気分に陥っているのを、自ら口にするのは避けたかった。

「本当はそんな夢のようなもの、ないんじゃないの？」

隣を歩いている佐枝子までもが疑い始める。さっきまで普通だったのに前触れもなく急に不機嫌気味に。空気がどんよりし始める。

「いや、週刊誌で記事を読んだんだ。間違いない」

わたしがそう言うと、もっと陰気に黙り込んでしまった。彼女の中で、わたしに対する不信感が高まっているのが、目に見えたので、暫くは彼女の方を見る気がしなかった。

もはや派手なネオンで人々を吸い寄せていた風俗街を抜け、中小企業が何となく集まった地味な土地に来ていた。どの会社も業務を終え、すでに明かりはついていない。

わたしはありもしない物を求めて、結果来る必要のない場所に来てしまったようだ。

何もない闇の奥を黙って横で歩く佐枝子の不機嫌さが、不快な温度を伴って漂ってくる。

もはや、彼女と一緒に歩くのに限界を感じ始めた。

「どうしたの？」

わたしが聞く。

「何でもない」

佐枝子が答えた。

きっと言いたいことがあるのだろうけれど、心の中で「察して！」と思ってる部分も女性にはある。素直に不機嫌になった理由は言わない。

歩いている時は、相手の顔が見えない。わたしが笑顔で言ったことであっても、彼女には音声でしか伝わらない。誤解を与えないように接するよう、心がけた。

だが、二人の溝は深まる一方だった。どんな心遣いも、すでに無駄なように思えた。先に進むか、来た道を戻るか。徐々に建造物が減ってきて、この先に何かがあるとは思えない、誰もいない淋しい場所へと向かっている。いずれにせよ、このまま二人が同じ道を歩むには精神的に堪えられない。

かろうじて街灯が道を照らしているのだが、その脇に何があるのかははっきりとはわからない。誰が捨てていったかわからない、布切れ、紙くず、空き瓶などが、息を殺してそこいら中で身を潜めているのがわかる。

「この先には何があるの?」

ようやく佐枝子が話しかけてきた。

「いや、こちらはキミの家の方角だと思うけど、自分の家は反対方向なんじゃないかと思うんだ」

彼女がどこに住んでいるのか知らないのに、別々の行動を取りたいばかりに適当なことを言ってしまった。

「あ、そう。じゃあ、わたしはこのまま真っすぐ行って帰るわ」

自分に特に好感を持っていないのはさすがにわかるので、物わかりよく去っていくのは判っていた。

わたしは躊躇《ちゅうちょ》なく、来た道を逆に歩き始めた。

「さようなら」

いったん踵《きびす》を返してから、オルフェ気分を忘れて、彼女に向かって振り返って言った。

しかし、彼女は振り返ることなく、前方だけを見て無言で進んでいた。何もない、ただの暗闇に向かって。


風俗街の方角にしばらく向かっていると、徐々に周囲が明るくなってきた。

だが、まだ誰もすれ違わないので、少々不安が戻ってくるかと思っていたら、向こうから大きな身体の男性がやってくるのが視界に入ってきた。

小林だった。

「やあ、心配したよ。お前は本当に方向音痴だから、放っておくととんでもないわけのわからないところに行ってしまうから、気になって後を追ってきたんだよ」

彼は大きな黒い包みを持参していた。中から以前イベントで使用した偉大な何者かの大きな写真パネルを出し、それを掲げた。

久しぶりによく見たら、何とそれは油で描かれた肖像画だった。見事に写実的に描かれた絵であったのだが、いまは完成前に退行したかのように描きかけの状態になって、部分的に空白が目立つ。

「再び手を入れ直して、可能な限り写実的にしたいんだよ」

彼には画家としての才能があった。

「面倒だから、誰の顔も参考にしないで描いたんだ」

そういうと、〝食べられる大人のおもちゃ〟を袋を開けて取り出し、そのままパクパクと食べ始めた……初めて目にすることができた。しかし彼は、そんなに美味そうには食べてなかった。どう見ても、身体に悪そうな色をしていた。

そしてキャンバスの下には、取手になる木材が継ぎ足されていた。まだ完成したとはいえない肖像画を、プラカードのようにして、全国どこへでも持ち運び易くするためだ。完成の暁には丁寧に額装する気など、まるでなさそうだった。

結局、そのとき会ったのが小林との最後になった。死因は不明。

誰のものでもない肖像画が遺作となり、それが彼の遺言状となってしまった。

劣情の珍獣大集合

急に地下鉄の駅のホームに立たされた。人が電車を待つ場所なのは知っている。だが、ここから向かうべき場所を知らない。

まだ東京の街が、青みがかった闇が少し日光で薄められている最中だ。

目の前の適度に深い溝を眺めながら、この瞬間までの経緯を思い出そうとしたが、まったくの無駄だった。とりあえず、来るべき電車を待っていたのだろう。しかし、乗るべき車両の具体的なイメージはない。それが満たされるのは、車両が到着したときだ。

人の姿はまばらなのか、駅員すらいないのか。

きめ細かい雨が降ってきたのを、肌で感じた。昆虫が草を食《は》むように、音はほとんど立てずに、晴れた空から急に降ってきたのだ。

上着のポケットに切符があるのを期待していたが出てきたのは、タバコを吸う習慣のない人間には用のないマッチだった。手足を切り落とされたまま生かされる人間。マッチ棒を見て、直《す》ぐに思い浮かべるのは、そういう境遇の人間のことだった……このホームから電車の到着寸前に谷間に落ち、こういう状態になった人間が、過去いったい何人いたのだろう。

無意識に上着を軽くしたかったのか、数本のマッチ棒に火をつけ、線路に投げて落としてみる。駅員に見つかれば、こっぴどく怒られる悪戯《いたずら》であろう。だが、悪意を感じることはなく、雨の中の、炎の弱い煌《きら》めきを見つめたい欲望に従っただけだ。

さしたる熱気を帯びない蜃気楼の先に、像を結ぶことなく人影らしきものがちらつくが、それが亡霊でなく、日常を無目的に蠢く生者だという確信は、近づいて直接世俗的な会話を交わしてみない限りわからない。亡霊が生者の振る舞いをしたくて人の形を模しているのか、生者が生者としての自覚を破棄してボンヤリと佇んでいるのだろうか。

電車がやってくるはずの闇の奥は、相も変わらず壁に塗られた黒いペンキにしか見えず、時が経つほどスタジオのセットのように、やけに疑わしく思えた。しばらく凝視すれば、書き割りの塗り残しが見えてくるかもしれないが、もしそれが見えたら、こうして待つことがまったく無益な行為になってしまう。ますます、このあと何をすればいいのか、どこへいけばいいのか……。

落ち着かず、そうして悩んでいる間に「自分の頭にふとした原因で穴があいたら、そこが第二の口となって、こうしているわたしと別のわたしが、真逆のことばかり呟くのだろうか。いや、実際には屁とため息の中間みたいな空気がブップッと吹き零《こぼ》れていくだけに違いない」などと、いくら考えても為にならない無駄な思考がぞくぞくと現れては消えた。

何ものも訪れる気配のない静寂を打ち破って、黒い壁から黄色い電車がやってきた。来ないのか、と思い込んでいたから意外だった。迷うことなく、誰かの声が聴こえて命令されたわけでもなく、当然のようにそれに乗った。普段から通勤に使用している電車だったのかもしれない。よく考えてみれば、行くべき方向は逆だったのかもしれないのに、すぐに来たものに乗った。乗客を残して去って行く際、顔面に風を吹き付けられるのが嫌だったのかもしれない。風景の代わりに電飾の広告が並ぶ駅のホームなどという退屈な場所は、本来長時間いるべきところではない。必要のない商品名が目に飛び込んでくる度に、脳が汚されたような気分になる。何も記憶に残らぬよう、目を瞑って激しく頭部を左右に振った。勢いよくへばりついてくるものが、ボトボトと断続的に地面に振り落とされる状態を、イメージするように努めた。

会ったことのない、実在しない人物の顔をとりあえず簡単に思い浮かべることができても(紙に適当に人の顔を描いてみれば、必ずや過去や現在に実在した人物の顔に当てはめるのが可能だろう)見たことのない、存在しない色を想像するのは難しい。反対側の線路を走る、凡庸な緑色の車両を眺めながら、この電車に乗る可能性があったのを考え、もうひとりの自分がどこかの車両にいるのではないかと目を凝らした。

ちょうど新橋駅を電車が通過したとき、それが降りなければならない駅であったのを思い出した。うまい鰻の店「長楽」。鰻が身をくねらせたイラストが店のロゴになっている。

地上を走る山手線の車内からであれば、テナントの入った雑居ビルの上のライトアップされた大きな看板が見えたはずだった。マッチの箱がそのまま巨大化したものが。乗車切符の代わりに、その人気の店のマッチが上着のポケットから出てきたので、線と点が繋がったような、清々しい気分になった。うまい鰻など、しばらく食べた覚えがなく、マッチを見た途端、急に腹が減った。人間とは、パブロフの犬のように、所詮単純な構造でできているのを実感したものだ。

たまたま電車で隣に座った白髪の老婦人は「長楽」の、開店以来の長年の常連客。

「会社の接待でよく使う息子から聞いたけど、人気グルメサイトランキングでも、一位になっていたそうね」

手の中にあるマッチ箱が、彼女の目に留まったようだ。

「そうなんですか！」

それでは昼時は、ここのところ以前より混雑しているのではないか、と心配になった。

「駅から徒歩十分と少し歩きますが、味はその価値があります」

老婦人は頷きながら言った。

「いや、何度か足を運んだことがありますから場所は知ってます」

彼女はフンフンと頷いた。

「とにかく並びます。それが目印となって、離れていても、教えたくない人にもすぐに店の場所がわかってしまう程」

目を大きく見開き、アコーディオンでも弾くように、大袈裟に両手を広げた。特にその仕草に説明はなかったが、恐らく鰻丼の美味しさを大らかに表現したものと直感した。

「確かに毎回、大勢の方が並んでいる」

実際に見た訳ではないが、店の前の行列を想像した。昔、テレビのニュースで見た、ソビエト連邦時代のロシアの街頭の様子を思い出したりしつつ。

「直接現地に行かなくても、定点観測のビデオカメラなどで調べれば、開店前日から並ぶ人たちが多そうなのがわかるわね。平日のみ予約が可能（二人以上から）で土日祝日は予約不可となっています。出す鰻がなくなり次第終了してしまいますので、早い時間帯に訪問することをおすすめします。おすすめは「白焼重」。おいしいです。クレジットカードはまったく使えないので注意して。昭和四十五年創業のお店。先代がつくった繊細なタレの味を壊さぬように引き継いでいます。席数も九十八席あります。大きな文字で『うなぎ長楽』と書いてあるビルが目印。三連休や長期のお休みの時期にはかなり混みますのでご注意を」

銀座の駅で折り返し、すぐに新橋の駅に戻った。記憶が間違っていなければ、出口はA3であろう。「長楽」のビル以外のすべての建造物が、透明に見えて、わざわざ意識しなくても、店の中にスーッと吸い込まれていく気がした。

しかし、そのとき実際に鰻重を食べたのか、記憶はない。新橋の駅で降りたのだけは覚えている。A３から地上に顔を出し、「長楽」の方向から浮かれてやってくる通行人と、一瞬目が合った。「お前が盛んに勧めてたうまい鰻、オレも食ったよ」とでも言いたげな笑顔が忘れられない。それが男性の顔だったか、女性のだったかは見事に忘れたが。

気がつけば、振り出しに戻ったようなものだ。

厳密には、駅のホームを見下ろす近隣のビルの一室にいた。窓から誰もいないホームを望遠鏡で見つめていたが、さすがに電車を待つ自分の姿はない。

映画撮影のためのセットのように、線路はどこにも繋がっておらず、ここから遠くに行くことはできないのかもしれない。しかし、大概の映画のシーンでは駅が出てくれば、実際に電車はやってくる。精巧なＣＧでなく、本物の電車であるのは素人でもわかる。

しかし、朽ち果てている駅という印象がないにもかかわらず、何故か電車はなかなかやってこなかった。

やがて、人がいない駅の空虚な様子を眺めているのに飽きた。近所の、頻繁に強盗に襲われるコンビニに寄り、今日は特に何も起きていないのを確認して、マンションの部屋の奥に引っ込んだ。

寒々とした殺風景な部屋の中で、数少ない家具らしい家具である長いソファに横になって身を持て余していた。仕方なく、壁にピンで貼られたボートピープル支援を訴えるポスターを眺めた。貧しいベトナム人たちの姿は、長時間見るにはまるで適していないことに気がつくと、古いブラウン管のテレビが、「長楽」の店の前の行列をリアルタイムで映し出しているのが視界に入った。昔、テレビのニュースで見た、ソビエト連邦時代のロシアの街頭の様子を思い出したりしつつ、大きなあくびが出た。

名物の行列は、商品が不足していたから発生したらしい。なぜそんなに物が不足していたのだろうか。

突然、玄関で呼び鈴が鳴った。

「中村です。妻も一緒です」

老夫婦の旦那の方が自己紹介した。二人とも白髪だった。旦那は常に気が利いて、何でも器用にこなし、工夫に富み、威勢がよく、負けん気な性格。だが、奥方の方といえば、いつも心ここに在らずという印象。電車の中で「長楽」の件で馬があった年配女性に顔が、とてもよく似ていたが別人であろう。無愛想にも見える無表情で玄関口に立ったまま、どこを見つめているのか、まったくわからない。目の方向を追ってみたが、そこには何もない。白い、というにはあまりに薄汚れて、壁に亀裂があるだけだ。スタジオに作られたセットにあるような、書き割りではない。筆で描き込まれているのではない。それは実際にひびが入っていて、壁が割れているのだ。

老婦人の眼窩にあったのは、単に義眼だったのかもしれない。潤いなどなく、輝きを失っている。多くのものを見て、疲れきった老人の目は、全部そうだ。

彼女は突然、脇に挟んでいたセカンドバッグからタバコの箱を取り出した。ライターを家に忘れてきたようだったので、わたしはポケットにあったマッチで火をつけてやろうとしたが、ここは禁煙であるのを思い出し、すぐに手を引っ込めた。

老婦人が突然、目を大きく見開き、アコーディオンでも弾くように、大袈裟に両手を広げたが、特に言いたいこともなさそうだった。口も大きく開いたが、声は発しなかった。

結局中村夫妻は、昨日まで行っていたという博多の土産の饅頭が入った灰色の箱を置いていっただけで、特に居間に通すこともなく、玄関での挨拶だけで帰っていった。扉が閉まった瞬間に笑顔を心がけて応対していたのを、力を抜いて普段の表情に戻した。

彼らが訪ねてくる前にいたソファに戻って、饅頭の箱を開けた。

白い饅頭が九つほど、並んでいた。どれも同じくらいうまそうだった。全部同じ種類なので、同じ味に違いなかった。

箱の中心にあったものを、ちょうど口に運ぼうとしたときだった。玄関の呼び鈴がまた鳴った。箱に饅頭を戻した。

誰が訪ねてきたのか、確かめずドアを開けた。

そこには老婦人が立っていた。亭主は一緒ではなかった。特に言いたいことはなさそうだったが、やはり目を大きく見開き、アコーディオンでも弾くように、大袈裟に両手を広げた。

結局老婦人には帰ってもらった。気分を害さないように、注意を払ったつもりだが、再び訪ねられても困る。

ソファの上のおいしそうな饅頭の箱が、目に入る。この土産物がもし旦那の計らいでなく、老婦人がチョイスしたものであったならと思うと無理に帰して申し訳ない気がしてきた。誰よりも先に、この饅頭のおいしさを味わって欲しいと、彼女が亭主に提案したのかもしれない。もしそれが真実ならば、本当に申し訳ないことをしたことになる。

窓から外を眺めると、饅頭の箱と同じように灰色だった。マンションから見える陸橋を眺めた。一定の速度を心がけながら、ゆっくりと首をパンニングする。テレビの天気予報のカメラマンになった気分だ。

老婦人の大きく両手を広げる仕草は、持参した饅頭がいかにおいしいかを表現したものに違いない。やや遅れて、それを理解した。ここに不在の老婦人が広げた両手の間に、いまさら虹が広がった。すぐさま窓の外の陸橋の先に、何の予告もなく虹が現れても、何ら違和感はない雰囲気。

「匂いは一切しない。でも、とても不衛生だ」

窓とは反対の、殺風景な部屋を見渡して、思わず呟いた。

食べた覚えのない、油が染みた宅配ピザの箱が、閉じた状態で床にあったのが視界に入った。近所にはない、チェーン店のピザ。突然、時空を超えて、ここに現れたわけではあるまい。しかし、どれだけ古いピザか、想像もつかず、開けるのが恐ろしい。

「不衛生だ……」

一度目を瞑れば、それが手品のように消えてくれるのを望んだ。だが、そんな子供じみた奇跡は起こらなかったので、二度は目を瞑らなかった。

箱の中に大きな虫が潜んでいても不思議ではない。幸い中からカサカサというような音はしない。

わざわざ箱を開けなくても、そのままビニールのゴミ袋を買ってきて捨てればいい。その際に、中に何かが入っている音を聞くのが嫌だ。

「饅頭はどこへいった！」

冷静になる必要を感じた。

饅頭の灰色の箱は、ちゃんとソファの上にあった。ピザの箱ばかりに気を取られて、すっかり饅頭のことは忘れていたのだ。せっかく老夫婦が持ってきてくれた饅頭が、以前と変わりなく、ソファの上に。

しかし、まだ食べた覚えのない宅配ピザの箱は、閉じた状態で床に。発見からいささか遅れて、急に強烈なチーズの匂い。

籐の椅子の上の、白熊のぬいぐるみと目が合う。用事はないので、すぐによそに視線を向ける。子供の頃からぬいぐるみが大好きで、ぬいぐるみ遊びはよくしていた。大人になってからは、子供時代のぬいぐるみは実家に置いてきた。子供の頃から、ぬいぐるみを大切にすればするほど、その子は汚くなって、ヨレヨレになっていくのが悲しくもあった。

ぬいぐるみがボロボロになってきて悲しい。二十年近く大切にしているぬいぐるみだった。辛いときも苦しいときもこのぬいぐるみと共に乗り越えてきた。一人ぼっちのときもこのぬいぐるみが傍にいてくれた。わたしの気持ちをわかってくれている気がする。わたしがぬいぐるみに感謝しているのと同じ位に、ぬいぐるみもわたしにとても感謝していると思います。こんなにずっと大切にしてくれて、本当にわたしに会えて幸せだよと言ってくれているように思える。本当にお気に入りなのだが、最近劣化がみられるようになってきた。まめに洗っていたが、傷むので少し控えている。ボロボロになっていく姿は切ないが、このぬいぐるみとのお別れを考えたら悲しくて悲しくてどうにかなってしまう。

同じように飲食店の裏のゴミバケツに捨てられた残飯も、じっと見ているとなんだか偲びなく感じてしまう。そういった残飯が、放射能か何かの影響で凶暴な生命体と化し、人間を襲うという五〇年代のＳＦ映画をテレビでいつか観た記憶が甦る。

知人の誰かが盛んに勧めてたチェーン店のピザ。近所に店舗があるという情報は、特に耳に入ってはいない。従業員は全員寒空でもレオタードに身を包んだ、妙齢の女性たち。

そのピザチェーンの宅配バイクが先日、歩行中の少女に突進していき、転倒して怪我をさせた。この危険運転したバイクはそのまま逃げた。バイク後方にチェーン店のロゴが見えたので、少女はネットで本部に苦情のメールをした。数日後に、店長が危険運転を認めて謝罪のメールをしてきた。気づかなかったと謝った。「本部とも相談し、クリーニング代や治療費を支払う」と店長は少女に謝罪した。店長は少女の自宅に来て直接謝罪したいと言うので会う約束をした。店長と玄関先で面会したが、態度に誠意がなかったので本部の人と話したいから店長に帰るように少女が言うと、拒否したにもかかわらず「今じゃないと駄目なんだよ」と店長の態度が豹変し暴力団のように玄関のドアを無理やりこじ開けて強引に家の中に侵入してきた。このときに店長から暴行を受けて、少女は怪我をした。恐怖を感じた少女は、この店長が一瞬タバコを吸うために外に出たすきを見てドアを閉めて鍵をかけた。その後、本部に苦情のメールをしても、それ以降は、何も連絡が来なくなった。この少女と同様に、宅配バイクの危険運転の被害を受けたり、後で謝罪と称して自宅に来た店長に暴行を受けた人は他にいるはず。どこに苦情、クレームしたらよいのか。一市民から警鐘をぜひとも鳴らしたいところだが、やはり弱い者は泣き寝入りするしかないようだ。

だが、なんとも皮肉なことに、そのチェーン店のピザは、本場のイタリア人も舌を巻く絶品という噂。多少の暴力は仕方がないと納得させるおいしさだという評判。

でも、ピザを注文するわけにはいかなかった。無論、ピザを頼めば危険運転の宅配バイクが出動。例の少女の程度の被害なら幸いだが、それは運の良い方で、最悪のケースを考えると気安く宅配など頼んではならない。

情報通からすれば、ピザの宅配による犠牲者の数は毎年増加の傾向にあるという。そして検挙される宅配バイクは稀。大概のひき逃げは、ほかの宅配バイクと比べてうやむやにされることが多い。詳しいことはよくわからないが、それを説明できるものがいないのだけは確かである。本年度だけでも、何人の関係者が宅配ピザビジネスの闇を告発しようとして断念したであろう。警鐘を鳴らすべく告発を試みた者、数名の顔が思い浮かんでは消える。その中には具体的にはっきりと名前を言える者もあるが、どれも行方《ゆくえ》知れずに。大概はどこの馬の骨とも知れぬ、印象の薄い者たち。存在が希薄な人間達が互いをかばい合い、密に連絡を取り合って、集って身を寄せ合って、一人の人物を形成することだって可能でないとは言い切れない。その際に複合体人間の名乗る名前は、いつもボンヤリした印象。普段は隣り合う機会のない文字が、そのときばかりは身を寄せ合う。必然のない文字と文字。身寄りのない、孤独な言葉たちの、言葉にならぬ悲痛な叫びが、どこにも繋がっていない闇の回廊に虚しくこだまする。それらは、他の何ものとも接続される必要も、必然も、要望も、わずかな可能性もないまま。

もう一度ピザを注文しようと思い立ったものの結局、諦めた。

それ以前に、わたしは台所の流しに行こうとして、辿り着けない。流しの上に、オーソドックスな黒電話。登山者のように、黒い電話線を辿ればいいのだが、受話器を繋ぐとぐろと微妙に絡んで、引っ張ると電話自体が床に落ちそうだ。それで電話が壊れるようなことはないと思うが、しかし絶対に壊れないという確信もまたなかった。

電話器から外された受話器ほど、人を不安にさせるものはないと思っていた。いまではまずないが、昔は混線して、微《かす》かに他人同士の会話が聴こえたりしたものだ。幻聴とも思えるほど微かに。大きな声で話しかければ、どちらかが「えっ?」と聞き返しもした。

部屋の奥から、動く気配を感じた。いままでむく犬がこっそり隠れていたようで、もっさりした白い毛の大きな塊が突然隣の部屋から出現して驚いた。大型犬は迫力で勝負だ。タンスの中からか。そんな気配は感じなかった。籐の椅子の上の、白熊と思われていた大きなぬいぐるみの正体が、この犬だったのか。

衛生面から、人と犬の寝床は分けたいところ。飼い主が寝返りした拍子に体が犬に当たることもあるし、それに驚いた愛犬が鋭利な牙で噛んでしまうこともないとはいえない。

愛犬を家族の一員と思うなら、家族が集うリビングにハウスを置くのはいい。一緒に外出するのも、犬にとって刺激やリフレッシュになると思うので。

腹が減っていたのか、妙にむく犬は懐いてきた。

「よしよし。ここにあったピザを食べさせてやりたいが、なんか古そうだからな。やめたほうがいい」

わたしはピザの入った箱に向かおうとするむく犬を、必死で静止させるのに成功した。

とりあえず大人しくはなったが、むく犬が急に前足をペロペロ舐めはじめた。

「緊張や不安を感じてやっている可能性がある！」

よく犬がする仕草だが、その状況に緊張や不安を感じてやっている可能性がある。数回やってすぐにやめる程度なら心配はないが、あまり頻繁に同じ場所を舐めているようなら、そこが病気で舐めている可能性もある。病院へ行くのが懸命。

ここはとりあえず、外に出すのが手っ取り早いと思われた。

首輪に取り付けられた手綱を引いて、外に出た。

最初に接したときから気づいてはいたが、むく犬は完全に人間の言ったことを解しない様子だった。人間と同じような充実した会話など望むべくもないのは確かだが、こうして首輪などはめているのを見ると、人に飼われてはいるようなので、当然多少は人間の言うことを理解しているかと。しかし、どうやらまるで解っていない。やはり、野生に近い感じ。人間の言葉を、ちっとも解ってはいない。

むく犬は、さすがに犬らしく振る舞うのにだけは長《た》けていた。知らぬ間に打ち解け、最大限にスキンシップを楽しんでいる自分がいた。最近はちょっと図体がデカいだけで、中に人間が入っているのだと思い込む癖がある。獣性の何たるかを履き違えた、思い上がった人間の振る舞いの取り留めのなさを肌で感じた過去が、何度も鮮明に脳裏に甦る。

「やっぱり人間の思いつく野生の思考などロクなものではなく、とんでもなく滑稽」

わたしはむく犬の手綱を引いてエレベーターに乗り込む際、激しい笑いの衝動を堪えるので必死になった。誰か他の住人が乗ってこないか、気が気ではなかったのだ。

エレベーターの中で、むく犬より先に落ちている菓子らしい包みに気づいて、いち早く拾った。拾い食いを回避できたら「イイコだねえ」と褒めて、褒美のおやつを差し出す。すでに拾い食いをしそうなときは、犬の名を呼び、わたしに注目させて止めるという選択肢もあった。

偶然だが、わたしはそのとき、近所の果物屋で買ったぶどうを持っていた。

犬がぶどうを食べると嘔吐や下痢、腎不全などの中毒を起こすという報告があったのを思い出した。まれに症状を起こさない犬もいるが、念のため与えないようにしなければ。干しぶどうも同様だ。

「ウチでも、よく似たむく飼っているんですよ」

急に乗ってきた女性が、気さくに話しかけてきた。犬でなく、わたしに直接。

「ジミーっていうんです。名前が」

女性は、水商売風の赤いドレスがよく似合っていた。

その名前はやはりあのジェームズ・ディーンに由来するものか、詳細な説明を受けるには、このエレベーターの一階までの運行時間はいささか短すぎるように思えた。

彼女がいかに簡潔な説明を得意としていても、わたしの方の理解力が追いつかず、人間同士らしいコミュニケーションには至らないだろう。そんな揺るぎない確信があった。

「なぜ犬にジミーという名が？」

よせばいいのに、つい無意識に訊いてしまったのを後悔した。

「犬の名前ですか？」

わたしは黙って頷いた。

返答はいつまで経っても、なかった。

彼女はむく犬の首に掛けられたプレートを、いつまでも無心に眺めていた。

わたしも初めてそのプレートの存在に気がついた。先ほどまで、そのようなものはなかったので、いささか面食らった。

葉書より横に長い木片に、カラフルな絵が描かれていた。

ファンタジーの世界にありがちな、まだ誰も訪れたことのないような花畑に一匹のむく犬が転げ廻っている。その傍らに赤いドレスの女。青空にはジェームズ・ディーンらしき……お世辞にもあまり似てはいなかったが、一応はそれらしく見えた……青年の巨大な笑顔が、その微笑ましき様子を見守っていた。

「これはウチのジミーですわ。間違いなく」

突然声が冷淡過ぎるものに変わり、自分が犬泥棒の嫌疑がかけられたことに、即座に困惑した。

「迷い犬ですよ。とにかく外に連れ出そうと思って」

彼女にはもはや、わたしの声は聴こえていないようだった。むく犬の首にかけられたプレートの中の世界に、完全に行ってしまったかのように。

彼女が経営する会社「ジミー・コミュニケーションズ」は、主にイベントの制作を手がけていた。国内・海外問わずさまざまな文化イベントの企画・制作・運営をはじめ、コンサートの企画・制作・運営や、CM・TV番組・プロモーションビデオ・ストリーミングなど各種映像の撮影・編集といった業務を一手に行なっていた。わたしが先ほどまでいた部屋と同じ階で、正確には隣の部屋だった。時代とともに刻々と移り変わるさまざまなビジュアルコミュニケーションの分野において、クオリティを保ちながら、常に新しい映像の可能性を追求することをモットーとしており、プロモーション映像（PR、SP）、イベント映像、リクルート映像、教育・研修映像、CF、TV番組など各メディア（フィルム、ハイビジョン、デジタル映像、DVDなど）に対応した作品を多数手がけていた。イベントにおいて特に優れた企画力と演出力に定評があり、海外でも比較的よく知られた企業といえよう。

手綱はわたしの手から離れて、無言のまま女社長の手に渡り、むく犬は隣の部屋に連れていかれた。そして、わたしが犬泥棒呼ばわりされて刑事事件扱いされる代わりとでもいわんばかりに、そこから出てくることは、残念ながら二度となかった。

しばらくして気がつくと、地下鉄の駅のホームに立っていた。ここが電車を待つ場所なのは知っているのだが、自分の他に人影はない。そして自分が、ここから向かうべき場所すらも知らない状況だった。

闇のヴェールから隠されていたものたちが、徐々に輪郭を現し始めていた。目の前の深い溝を眺めながら、この瞬間までの経緯を思い出そうとしたが、まったくの無駄だった。むく犬との心温まる束の間のふれあいが断片的に脳裏に甦った。いま思えば犬を飼った経験などないのに、犬とふれあうことのできた、かけがえのない貴重な時間だった。

とりあえず、定刻に来るはずの電車を待つしかない。しかし、乗るべき車両の具体的なイメージはない。それが満たされるのは、車両が到着したときだ。

駅員すら一人もいないように思える。まだ電車の来る時間から程遠いならば、何故自分は駅で佇んでいられるのだろうか。

細かい雨が降ってきたのを、頭部で感じた。昆虫がせっせと黙って草を食むように、音を立てずに、晴天から不意をついて降ってきたのだ。

上着のポケットに行き先までの値段が書かれた切符があるのを期待していたが、出てきたのは、タバコを吸う習慣のない人間には用のないマッチだった。雨のせいで湿気ているようなマッチ。

手足を切り落とされ、失意のまま生かされる人間。マッチ棒を見て、直に思い浮かべるのは、そういう境遇の人間のことだった……このホームから到着寸前の電車に飛び込み、こういう状態になった人間が、過去いったい何人いたのだろうか。

無意識に上着を軽くしたかったのか、数本のマッチ棒に火をつけ、線路に投げて落としてみる。駅員に見つかれば、こっぴどく怒られる悪戯であろう。だが、自ら悪意を持ってしたのではなく、雨の中の、炎の弱い煌めきを見つめたかった欲望に従っただけだ。

さしたる熱気を帯びない蜃気楼の先に、やがて像を結ぶことなく人影らしきものがちらほらと現れ始めた。それが亡霊でなく、日常を無目的に蠢く生者だという確信は、近づいて直接最近のテレビ番組の話題を交わしてみない限りわからない。不明瞭な何かが人間の振る舞いをしているのか、生者が自覚を破棄して何ものでもない不明瞭な物体に堕落しようと振る舞っているのか。

電車がやってくるはずの闇の奥は、相も変わらず壁に塗られた黒い書き割りにしか見えず、時が経つほど安っぽいスタジオのセットのように、やけに疑わしく思えた。しばらく凝視すれば、書き割りの塗り残しが見えてくるかもしれないが、もしそれが見えたら、こうして待つことがまったく無益な行為になってしまう。ますます、このあと何をすればいいのか、どこへいけばいいのか、わたしには考えが及ばなかった。

意外にあっけなく、電車はやってきた。黄色い車両だった。

これにわたしは乗るのかと思うと、あまりの凡庸な電車の姿に呆気にとられた。特別な何処かへ連れていってくれるのは期待できない感じ。その先で待っているのは、うんざりするようないつもの労働だ。

ドアが開くと、まず真っ先に降りたのは、驚いたことに白くて大きなむく犬だった。まさかあのジミーではあるまい……と我が目を疑ったが、どうやら違うようだ。わたしには一瞥もくれずに、すぐさま改札の方に消えていったのだが、似て非なる別の犬と言い切るには、確証がない。それにしても、飼い主不在でも電車の乗り降りだけでなく、ちゃんと目的地へと行ける。無闇には車内で吠えない。ジミーがそこまで賢かったかどうか、もははや知る術《すべ》はないが、彼は飼い主なしでも自由自在に交通機関を乗り回すような器用さなど持ち合わせず、恐らく平均的な知性を持った犬であったと思われる。

それにしても、快晴だった。

「なんという晴れやかさなのだろう！」

舞台俳優のような台詞を、わざわざわたしは口にする。窓から見える空には、一点の雲りもない。澄んだ大空の青さが、地平線の隅にまで行き渡っている。

車内の暖房は適温を保っており、外気の過酷な冷たさを完全に忘れさせてくれた。まるで春の空を眺めている気分になった。日射しにうっすらと汗ばむような暖かさであったが、まだ風は真冬のものだった。

迷いもなく突き進む電車の窓から風景を眺めていると、ふいにバッハやベートーベン、モーツァルトなど数々の作曲家の名曲のフレーズを口ずさみたくなったが、不思議と何も思い出せず、結局エルガーの『威風堂々』だけが脳裏に浮かんだ。この曲がどこからともなく聴こえてくると、いつでもわたしの気分は途端によくなった。

「まさに威風堂々という気分だな」

何度もそのタイトルを車内で呟くと、最前線に向かうべく戦火をくぐり抜ける軍用列車に乗っているイメージが浮かんだ。しかし次の瞬間には、長い時間勇壮なイマジネーションに浸るのはよくないことのような気がし始めた。多分わたしを不安に陥れたのは、一生分の栄光を想像の世界だけで使い切ってしまうのではないかという恐れだった。

わたしが電車から降りた駅前に、びっくりするほど凄まじく汚らしい野外便所があった。わざわざ探すことなくすぐに目に飛び込んできたのは、男女共通の入り口近くにある蓋がない汚物溜めが、強烈な臭いで出迎えたからだ。

だから、ここには来たくなかった。それにここは、無数の貧乏人が蠢く街。それに以前にも増して、便所の汚らしさのグレードは上がっているようであった。

手を洗う流しは、詰まっているせいか淀んだ水が溜まっていて、絶対に使用したくなかったし、どこよりもそこから悪臭が立ちこめているように思えた。

単なる嫌がらせか、と思わずにはいられぬ不自然な場所に汚らしい小屋が乱立していた。それより人を圧倒するのは、小屋の側にうずたかく集積された糞の山。

そこにあるあらゆるものは、正直いって不快な排泄物と汚物の入った容器となんら変わりがなかった。頭の中には、茶色い脳しか持っていないような人間たち。

駅前に集う乞食のような人々の群れを押しのけて、ようやく座れたベンチの上で、わたしは底が抜けたような放心状態になった。

通りすがりの何者かが、わたしを弾き飛ばさんばかりにやってきて、足を踏みつけた。

野蛮人の男だった。

「これから洗練された女性とデートか。まったくいいご身分で」

さらに投げつけるように皮肉を言ってきて、逆上したい気分になった。

「揶揄《からか》うな！」

わたしは汚らしい人ごみに向かって、怒鳴った。どこかから嘲笑う声が聴こえた。

デートだなんて、とんでもない。言いがかりもいいところだ。

隙あらば難癖つけようという連中に、はらわたが煮えくり返る思いを我慢しながら周囲の様子を窺った。

すぐに男女共通の入り口近くにある蓋がない汚物溜めが強烈な臭いでアピールを始めて、鼻孔を襲ってきた。

手を洗う流しは、詰まっているせいか淀んだ水が溜まっていて、絶対に使用したくなかったし、そこからも悪臭が発生しているように思えた。

単なる嫌がらせか、と思わずにはいられぬ不自然な場所に汚らしい小屋も乱立していた。それより人を見下ろすように圧倒するのは、小屋の側にうずたかく集積された糞の山。ありとあらゆるものは、正直云って不快な排泄物と汚物の入った容器となんら変わりがなかった。

そのような状態は一向に改善されず、寧《むし》ろ加速して酷くなるようだった。実際に遺体安置所を思い起こさせるような、強烈な腐敗臭までが加勢してきた。

驚くことに、このような状況にもかかわらず、新聞や週刊誌を扱うスタンドの横に、寄り添うようにしてスープを売る露天商が店を出していた。メニューはたった一種類のスープを売るのみ。刑務所で使われているような銀の盆に、湿っていそうな貧相なパン一切れが付く。だが中身は何のスープなのかわからない。価格は安い……ただこのような悪臭立ちこめる状況では、どんなにおいしそうな見た目であっても、誰も飲もうとは思わないだろう。

このような不衛生で不快極まりない状況下に自ら身を置くのを、「清貧」の一形態と呼んで喜んでいる人間に時折出会うことがある。これを「清貧」と呼ぶのかどうか人それぞれの解釈であるから仕方ないとしても、正直、わたし自身はもともと「清貧」という感覚が好きではない。実際に忌み嫌っているのは、貧しさを開き直る態度というべきか。

当然、貧しさより豊かさの方が、いや曖昧でなく誰の目から見ても歴然たる豊かさの方がいいに決まっている。だが、無駄なことには徹底的にお金を使わず、本当に必要なことにだけに最小限のお金を使うというのは、非常に上手なお金の使い方だと思う。基本的に一生涯で稼ぐお金は限られていると、わたしは考える。しかし、節約に関しては限りがない。たくさんお金を稼ぐというのは、所詮自分の稼げる上限が見えている。せいぜい一生かけて二千万円くらいか。可能な限りお金を使わないという行為には恐ろしいことに上限がなく、究極はタダで物を手に入れることが可能だ。節約の究極は、〇円で物を買うという「もらう」という行為に当たる。知人が引っ越しでいらない物を処分しているとき、使わなくなった机をただでもらえば、〇円で手に入れることができる。本来なら机を買うのにいくらかお金がかかるが、もらうことができれば〇円で手に入れることができる。「もらえる物はもらう」という言い回しがある。「ただで手に入るなら、とりあえずもらっておけ」という意味だと思われているが、そうとは限らない。これは素晴らしいリサイクルのチャンスと考えることができる。処分をしたい人にとっても引き取ってもらえて嬉しいし、もらう人も無料でもらえるのでお得だ。お互いの要求が合えば、金銭を介さずに物を手に入れることができる。もらえる物はもらっておくとは、はしたない行為ではない。お金を使わずに物を手に入れられる素晴らしい節約だ。

目の前の凄まじく汚らしい野外便所から、さらにもの凄い悪臭が漂ってきた。悪臭を数値化する測量計が、いまは手元にないので、はっきりとしたことは言えないが、当初を上回る悪臭であるのは明らかだった。

突然、先ほどまで周囲を行き交っていた人々が、急に減った。開店して大して時間が経っていないと思われる新聞などを売る露店が、急に店じまいを始めた。気のせいではない。これは悪臭がより悪化したという、何よりの証拠であろう。

しかし、スープを売る売店だけは、何食わぬ顔をして経営を続けていた。それどころか、マレットを手に持ち、店の前に置かれた銅鑼を高らかに数回叩いた。堂々たる態度からすると、よっぽど味に自信があるのか。それとも店主の嗅覚が壊れているのか。

数メートル離れたベンチから、スープ屋の店主の人柄を想像する。

着こなしたウエスタンハットからはみ出た、頭髪の白さが年輪を感じさせる。その表情の明るさから、いつも気が利いて、何でも器用にこなし、工夫に富み、威勢がよく、負けん気な性格が窺えた。生粋の下町っ子なのかもしれない。だから、このような過酷な立地条件にもかかわらず、自信作のスープを売ってやろう!という開拓者精神がそうさせるのだろうか。

いまはスープを売っている男が、以前は売れっ子のカメラマンであったのは、何となく気がついていた。彼の存在を最初に知ったのは、小さな飲み屋でだった。特に口をきいた記憶はない。わたしには、常に取り巻きがいたし、彼もたいてい数名の仲間を引き連れていた。その店はそれぞれ目で挨拶するような常連ばかりが集まる飲み屋だった。会話をするのは稀だったから、相手の職業など、知る由もない。

ある晩、わたしは友人と待ち合わせて、ひとりで飲めない酒をその店で飲んでいた。いまでも酒は弱い。

ウィスキーのソーダ割り一杯を、一時間ほどかけてチビチビと飲んだ。いつものように所持金が少なかったこともあり、そうやって時間を稼ぐしかなかったのだ。

店員からコーラなどのソフトドリンクを勧められたが、わたしは決してそのようなものは注文せず、頑にウィスキーを頼んだ。アルコールは本当に苦手であったが、ジュースなどの甘い味より酒の苦さの方がマシに思えた。無理をして、そのときは三杯もソーダ割りを飲んだと思う。いまでも、それがアルコール摂取の最高記録だ。

なかなか友人は来ず、仕方なく読み終わりそうな文庫本を手にして飲んだ。他に時間を埋める方法がまったく思いつかなかったのである。

ウエスタンハットを被った一人客の男が、向こう側でひとりバーボンを飲んでいるのに気がついた。

「ユトリロだ」

それは店の壁にかけられた絵のことを、彼が呟いた瞬間だった。手にした一眼レフを覗き込み、絵の細部を顕微鏡で観察しているようだった。恐らく、どこへ行くにもカメラを手放さない男……ただし、三脚は持ち歩かない。現像に必要な機材などを含めて、多く持ち歩けば持ち歩く程、写真を楽しむ余裕がなくなるのは、身に染みてよくわかっているようではある。

そんなに高価なカメラには見えなかった。だが、高価な機材を使っているから、腕のいいカメラマンとは限らないのだ。

それにカメラはデジタルのものだった……とはいえフィルムがデジタルよりよいという

わけでは決してない。

だが、その腕にはめられた時計は、高価なロレックスだった。薄暗い店内で、鋭く光って存在をアピールしていた。

文庫本を読み終え、気がつくと時刻は深夜四時近くだったので、もう友人は店には来ないだろうと勝手に判断した。

せっかく彼の方から「相談がある」と言われたのでやってきたのに。

だが、どのようなことをわたしに相談したかったのか、周囲から何となく耳にしていて、だいたい見当がついていた。

すでに所帯を持っているというのに、他所《よそ》の女との間に子供ができてしまったらしい。細心の注意を払っていたというのに、いとも簡単に、数回のセックスで相手を妊娠させてしまったというのである。

女の方は、友人に妊娠を告げる前に黙って堕ろそうとしたが、書類に彼の同意のハンコがどうしても必要だった。

そろそろ会計を済ませて帰宅しようと文庫本を閉じ、向かいに座っていたウエスタンハットの男の方を見た。まだなみなみと注がれたグラスを片手に、机にうつ伏せになり、いびきをかいて眠っていた。その脇には大学ノートが開いたままで、そこには「平凡な日々の生活の中にある美しい一瞬を切り取ること」と大きな太い字のサインペンで書かれていた。

　カメラマンというものは、常にシャッターチャンスを求めて、緊迫状態の中、いつでも眠らずにピリピリしているものだと、思っていた。森に潜んで獲物を待つ狩人は、けっしていびきなどかかないだろう。

「あいつ、あれで結構売れっ子のカメラマンなんだよ。最近は外国の雑誌でもバンバン仕事しているような」

　カウンターでグラスを磨いていた中年のバーテンが、わたしに言った。

「どういった類いの写真を商売に？」

　わたしはさしたる興味も湧かなかったにもかかわらず、バーテンに訊いた。

「そこの雑誌の棚にあるヤツも、この男の撮った写真が載っている。それも一枚や二枚じゃない。いくつもの仕事をしている。しかも、沢山の芸名を持っていて、それぞれの異なったスタイルで撮っているんだ。器用といやあ器用なんだろうけどね」

　グラスを優雅に磨く手は、止まっていない。

「そうですか。結構バーテンさんに近い年配の方に見えますが」

　そういうと、突然バーテンの手は止まった。

「こいつとオレは同い年。遅咲きともいえるが、その分、経験が豊富なのさ」

わたしは適当にその辺にあった雑誌の中から一冊を取り出し、パラパラと捲った。

「ああ、それには載ってないんだよ。あれだよ、緑色の表紙の」

店の照明が暗く、どれが緑色のものなのか、わたしには簡単に見分けがつかなかった。

「違うよ！　これだよこれ」

しびれを切らせたバーテンがカウンターから飛び出してくると、本棚から一冊の雑誌を取り出し、わたしに手渡した。

やけにページ数のある厚い雑誌だった。名前は覚えていないが、広告がやたら多く、儲かっている雰囲気があった。

そのせいもあって、文字よりも写真が多い。だから、どれがウエスタンハットが撮ったものなのか、見当がつかない。

「いやあ、写真が多いものだから、どれが彼の撮ったものなのかまったくわからないものですねえ」

わたしは興味がないなりに努力したつもりだったが、ウエスタンハットの男の名前も知らないので見つかるはずもない。

「名前は小森翔太。小さいけど、写真の下に名前がバッチリ出てるよ」

仕方なく適当にパラパラとページを捲っているが、照明が暗いせいもあり、なかなかどれだかわからない。

「ちょっとかしてみて」

しびれを切らせたバーテンがカウンターから、また飛び出してきて、わたしの手から雑誌を奪った。

「どれどれ」

カウンターに置いてページを広げると、指に唾をつけて捲り始めた。

仕方なくわたしもカウンターまで赴き、誌面を覗き込んだ。こちらから見たのでは、すべてが逆さまで、もはや何の写真なのかも見当がつかない。

本当に文字は少なく、写真ばかりだ。この大量の写真の中から、一人のカメラマンの仕事を見つけ出すのは、さすがに海辺の砂から指定の一粒を探し出すように絶望的に困難な作業だと思われた。

「あった、これだ」

何ともいえない写真だった。プロが撮ったといえばプロが撮ったと思える。だが、いまはスマホでもこれくらいのクオリティなど、簡単に超えられるものにも見える。所詮、わたしは写真は素人だから何も語る資格はないとはいえ、特に面白い写真でないのは明確であるように思えた。単なるどこか外国の荒涼とした宮殿を写しただけの写真。

「すげえんだよ。偉い先生に突然評価されちゃって、これで賞取っちゃってさ。いっぺんに有名人よ」

バーテンの目元に笑みが浮かぶ。

彼は心から、ウエスタンハットのカメラマンの出世を喜んでいたのだ。

確かに店の前に、赤いフェラーリが停めてあった。恐らく彼の愛車だろう。

「ほう。凄いですね」

わたしはとりあえず無難にそう言っておき、コーヒーを注文した。

「でもね、もう風景写真は飽きたって言ってた。人をもっと撮りたいらしい……ああ、コーヒーはうちインスタントしかないけどいいの？」

無言で頷くと、やがて熱いコーヒーが出てきた。

飲みながら、もう暫くはその写真の宮殿の窓の数々を見つめた。大勢の召使いや、数えきれない部屋などに思いを馳せた。窓の一つには、宮殿には相応《ふさわ》しくない、ウエスタンハットの男のカメラを持った仁王立ちの姿が写っているはずだと思って、細部に目をやったが、結局見つけられなかった。

巻末の奥付で、彼の簡単な経歴だけは見ることができた。

昭和四十五年栃木県生まれ。大学を卒業後、営業を経験。

三年半スタジオ勤務の後、二〇〇二年独立。二〇〇五年自身のスタジオを東京都中野に開いた。二〇〇八年には業界誌が注目する新世代の写真家の最も重要な一人として選出されたそうだ。「自分が被写体になることはないが、撮った写真から自分を再発見する」という座右の銘が書かれていた。

続いて「とにかく写真のバランスを第一に気を遣っている。僕たちが作っているのはあくまで芸術であって、報道写真の類いではないからこそ『写真はこうあるべき』なんて思わないで欲しいと思ってる。僕はただ僕にとって美しいものを作っている。絵画で表現するのと同じような感覚で」という自身の写真観を語った言葉が綴られていた。

誰よりも写真を撮るのが好き、ビデオカメラで映像を撮るのが好き、将来はプロのカメラマンになって飯の種にしたい！　そんな後輩たちが彼の背後にも沢山控えている。彼らにどんな仕事なのか、どうやったらなれるのか、夢を叶えるためのお手伝いをしたいと本気で考えている彼のひたむきさがよく表れている言葉だった。何よりも競争の激しい、弱肉強食の世界であろう。友人を平然と裏切るような、相当の忍耐力も必要になる。夢を叶えるために誰もが他人を蹴落としてまで必死に挑むべきであって、その過酷さに堪えなければならない。かつては死に物狂いで頑張り、親や友人を見殺しにしてまで夢を摑み取った男だから語れる、重みのある言葉。貴方が、もしプロのカメラマンになることができたら、どんなところで活躍ができるのだろうか。プロとしての誇りを持ち、果たしてさまざまな場面で活躍を維持することができるのだろうか。あなたももしプロになることができたら、多くの人の目に自分の作品が触れることをまず何よりも意識し、誇りとプライドを持って仕事に臨むべきだ。戦場では、負傷した兵隊を助けず、寧ろその悲痛さを写真に残そうとするのがプロのカメラマンに要求されているのだ。

ある瞬間を一枚の写真に収めたり、映像に収めるということは、素晴らしいことだ。その瞬間の表情や出来事が、歴史としていつまでも、あたかもいまさっき起きたことのように、輝きを失わずに残っていく。

そんな風に現代であれば、プロでなくてもスマホなどで気軽に写真を撮る、映像を写す……だが、カメラマンの仕事ってアマチュアと同じでいいのだろうか。いままで彼らプロを一体どんな存在だと、自分は考えていたのであろうか。彼らがいなければ、わたしたちの日常生活はとても味気ないものになったに違いない。普段雑誌などで目にする何気ない写真や映像も、撮影する人がいなければ存在することのないものだから、被写体の背後にいる彼らにこそ、スポットライトを当てたい。単に文字や言葉のみで情報を伝えるよりも、写真や映像があると、途端に情報が誰でも分かりやすくなる。カメラマンはマスコミにとって、ライターなどよりも欠かせない重要な存在であるのだ。書き手のエゴイズムくらい、現代において不必要なものはないと、肝に銘じるべきなのだ。

再びウエスタンハットの男が、高らかに店先の銅鑼を叩いた。

野蛮人たちに店をアピールするのに、銅鑼の音は確かに向いているように思われた。

わたしは素直に再会を喜びたくなって、気がつくと周囲の悪臭のことなどすっかり忘れ、握手を求めて露店に接近していた。

一方的にこちらが彼に遭遇しただけで、相手がわたしのことなど知る由もないことなど考えてもいなかった。

スープを注文するわけでもなく、気がつけば何の自己紹介もせずに、一方的に元カメラマンの手を握っていた。腕にはロレックスはなかった……すでに売却されたと思われる。

「カメラマンの小森さんですすよね？　あなたの仕事をいくつか拝見したことがあります。素晴らしいと思いました。しかし、何故いまはこんな場所でスープなど売っておられるんです？　あれだけ一世を風靡したのに……」

スープが欲しくてやってきた客ではないと理解すると、彼は作り笑顔を止め、わたしの背後のどこかを見つめたまま、しばらくは何も語らなかった。

「いまのオレはスープを路上で売っているだけの男だ。不景気で、状況は変わってしまった。だが、カメラを手にしていたときと何も変わっていないつもりだ」

注文もしていないのに、黙ってスープが盆に載って差し出された。見た目ですでに、味でまったく勝負する気がないのは、すぐにわかった。淀んだ液体だった。ただ単にトイレの流しに溜まっているのと、同じ色をした水を温めただけだった。

だが、その水面には世界のあらゆる事象が映っているように見えた。

貧困、略奪、差別、暴力、強姦、腐敗、残虐、放火、憎しみ、堕落、殺人、などさまざまな人間の姿がすべてスープの底にはあった。

こんなものを飲めというのだろうか。近頃、目が悪くなったとはいえ、こんなものが食するものの上に浮かんでいたら食欲もなくなる。

わたしは嫌悪感から、配膳と会計を兼ねているところにボンヤリ立っている元カメラマンに怒鳴った。

「お前は金取って、こんなものを客に食わそうというつもりか！」

顔面に向けてスープの入った盆ごと投げつけた。頭から汚水のスープが、相手の全身を濡らした。

「なにすんだ！　この野郎！」

次の瞬間、まだこの男に代金を払ってはいなかったのに気がついた。

あの農場には二度と

遥か彼方から響き渡る蹄の音と嘶《いなな》きは、牧歌的な郷愁を即座に呼び起こすのに、期待通りの十分な効果を発揮した。期待通りだったので、わたしは大いに満足し、深く頷くと同時に息をたっぷり吸い込んだ。辺りの草原の豊かな匂いが、心行くまで頭部の中を満たした。

「もし何かがここにやってくるとしたら……きっと世界の果てに向かう最終バスなんかではなく」

寸前まで心の中で考えていたことを、少し前まで一緒にいたはずの名も知らぬ若者に、数分遅れで伝えようとしたのだが、いつの間にか彼の姿を見失っていた。会ったときから全身ずぶぬれで、頭部に怪我をして包帯を巻いていた。彼は途中の森の茂みの中で道に迷ってしまったのか、それともわたしに黙って意図的に別行動をえらんだのか、とにかくいなくなってしまっていた。鼻孔から血が出ていて、白いシャツが汚れている。どこか気に入らない雰囲気を持った男。顔が変だった。両頬が不自然に膨れている。汚らしい手で覆い隠そうとするが、その隙間から滑稽さが漏れてくる。その顔を見つめると、途端に笑いが腹の底からこみあがってきそうだった。彼は吹く風が身体に当たる度に窒息してしまいそうだと、しきりに泣きながら訴えていたのを、わたしは笑いを堪えながら、話半分に聞き流していた。もうすぐ風に圧し潰されて死ぬと、本気で嘆いていた。それなら泣いても仕方がない。どうあがいても救いはないのに、深い悲しみを表情に出せば出すほど、残念ながら滑稽さは増すばかりだった。

一瞬、孤独故のあてどのない寂寥感におそわれたが、確かに何の役にも立たぬ彼など、どちらかといえばいないほうがいい。

多少の風にも微動だにしない樅《もみ》の木が、辺り一面に立ち並ぶ中、一点の雲もない空の下でわたしは長い間立ち尽くし、ひたすら精神を集中させていた。背後の杉の幹から突起している折れた枝が背中を突き、違和感が時折集中力を遮っていたにもかかわらず。

足下で生い茂る雑草も、わたしの脚に絡みついて、やがて全身を飲み込むような錯覚まで起きたようだった。

「それは一頭の荒々しい馬しかない。このような場所が常に生むことのできるのは、突然の馬の出現の他にない」

すでに若者がいなくなっていたのに気がついていたが、よほどの興奮状態だったらしく、わたしは一人で喋っていた。

誰もがアルプスを連想せざるを得ない山岳地帯の谷間から、こちらへ近づくにしたがって、遠い過去からやってきた何ものとも判別できないくぐもった音が、次第に視界の中で確実に像を結ぶ馬の存在を確固たるものにするのを、ダイナミックに感じた瞬間だった。くぐもった音を耳にした時点で、すでに確信していたので、前例のない異常な興奮状態の渦が、光線になって山々の上の雲に向かって射される状況を、わたしは咄嗟に幻視した。明らかに神秘的である現象を堂々と無視しても、状況は十分過ぎるほど問答無用にすでに神話的だった。

そして、非常に毛並みの美しい馬が現れた。一目ですぐに圧倒された。どこか人間らしい笑みを浮かべ、ピアノの鍵盤のような大きな歯の間から涎が垂れた。何故乗用車でなく馬が必要なのか、精《くわ》しく筋道を立てて考えるよりも、わたしは馬しか選択肢のない状況に密《ひそ》かにあこがれを持っていたのだ。

路上に佇む怠惰な不良鳩の群れを蹴散らし、目の前の道を颯爽と駆け抜け、わたしの意識の中をも猛烈な勢いで素通りせんとする黒いアラビアン・スタリオンを、全身で制止せんと必死で呼び止めた。普段から牧場や競馬場などに頻繁に行く習慣のないせいもあるだろうが、それはよく行く博物館の剝製でも美術館の過去の古典的名画の中でも見た経験がなかった、完全に未知の馬だったのだ。過去の記憶を精査したわけではないが、恐らく想像の範疇外の馬だった。少なくとも博物館や美術館のそれとは違い、大胆にしなやかに脚を交差させ、事情があって警察車両から必死で逃亡するスポーツカーのような殺人的速度で移動していた。

「馬だ馬だ！　待て」

正直に言うと、今朝から馬と出会いたかった……たまたま日頃から頻繁に着ているお気に入りのポロシャツ姿だったが、これは偶然だった。ペルシャで始まった馬に乗って行う球技に、ポロと呼ばれる競技があり、それは四人ずつ二組に分かれ、一個の木のボールを、馬に乗ってマレットと呼ばれる道具で相手側のゴールへ打ち込み合って、勝負を競うスポーツである。このときに着る競技用のシャツを、ポロシャツと呼んだ。

馬が特別に雄々しくなくても構わない。動物病院で瀕死状態でなければ、どんな貧相な馬でもよかった。こちらに選択肢などまったくないのはわかっていたが、たまたま、そんな浮ついた気分だった。

日々の不毛な仕事の連続に疲れていたわたしは無意識に、自然界の持つ圧倒的な開放感を衝動的に求めたのだろう。そういった土地に馬小屋などの不動産を所有する余裕などなく、思い立ったらいつでも気軽に会えるような馴染みの馬などいるわけでもないが、こういうときにきっと自然が味方してくれる。そんな神秘的な優しさへの理由のない確信が、最初から皆無だったかと言えば嘘になるだろう。

偶然の出会いに感謝するのを忘れてしまう程、蹄と嘶きなどの音以外、前触れなく馬は唐突にやってきた。無意識に強く望んでいたものが、何の働きかけもなく向こうからやってきてしまうと、思わず人は傲慢になってしまう。例外に漏れず、当然のように馬に体当たりせんばかりに駆け寄った。いまのような冷静な状態なら、それが叫びながら裸同然で高速道路に飛び出す蛮族の行為に等しいという判断もできる。熟練のスタントマンであっても極度の緊迫を強いる非常に危険な行為であるが故の配慮も、当然芽生えていただろう。

しかし、勇敢な若いジェロニモのように半狂乱となった状態で馬に接近中のわたしには、自分の注意信号に耳を傾ける余裕などなかった。ただひたすらジェントル思考に徹し、前例なく馬以上に獣性むきだしの野蛮さだったのを冷静に自覚すべきだった。

逆に馬の立場ならば、わたしとは絶対に関わりを持ちたくないだろう。パッと耳を後ろにふせ、鼻にしわをよせ、歯をむきだして嚙みつこうとする仕草をしたように思えた。それはいかにも馬らしい拒絶の態度だった。冷静な精神状態の現在では納得がいく。だが、そのいまにも情け無用に蹴り殺さんばかりの、あまりに暴力的な拒絶の態度さえも、人間一般の身体感覚からすれば平易に受け入れられる類いの仕草ではなかったであろう。残念ながら動物には拒絶の対象物に、返事をしないとか視線を合わさないなどという地味な選択肢はない。これほど意志を持つ生命体にとって、不都合なことが他にあるだろうか。都会の日常では、絶対に感じることが不可能な生の感覚であろう。

馬の特徴といえば、なんといってもその視界の広さ。馬の視界は頭の真後ろを除いた三五〇度を見渡すことができる。また、馬の目は単眼視で左右の目で別々のものを見ることが可能。これは馬が野生だったころ、近づく肉食動物たちをいち早く見つけて、走って逃げるために役立っていた。馬の眼球は哺乳動物の中でももっとも大きい。

馬が優れているのは目だけではない。その鼻が大きいのは、臭いに敏感だからだ。それだけでなく、馬は鼻でしか呼吸できないため、早く走るときなどは、走りながら空気をたくさん吸えるように鼻を大きく開く。

そして耳は、レーダーのよう。馬は大変音に敏感な動物。耳が一八〇度回転して音のする方角を探し当てる。これは馬の耳のまわりに十の筋肉があり、それにより動かすことができるのだ。発達した筋肉による左右別々の動きは、目の視界の広さと同じく、馬が野生であった頃に、何ものかが近づくのをいち早く察知するのに役立っていたのだろう。

そのせいか、いつの間にかわたしは馬に乗っていた。夢のように鮮やかな乗馬体験であったが、決して夢ではなかった。スタントマンのように颯爽と振る舞った記憶はない。そもそも、アクション映画で活躍するような熟練スタントマンの技術もない。それに加えて、馬はとても力が強い。特に重いソリを引いて競走できる馬は、ずば抜けて力持ちといえる。これらの競走は、昔、馬が農作業をはじめ、荷物、材木などを運んだり、サトウキビの汁を搾ったりする仕事で力を発揮していた頃の名残。しかし、自動車や機械の発達により馬の仕事は少なくなり、今では、働く馬の姿は世界でもごく一部の地域でしか見ることができない。場所によっては、乗馬技術のある高齢の方が、今でも自家用車として利用している。だが、最近は誰でも馬に乗れるよう、品種改良が以前に比べて盛んだと、いかにも事情に詳しくない人が最近やたら言うのが、ここで初めて腑に落ちた。それにしても彼らは普段手に取らない馬の飼育に関する専門紙など、どこで目にしたのだろう。コンビニなどで気軽に買えるものではない。

一旦馬が駆け始めると、大地に蹄の音が響きわたる。豊かな尾をなびかせて疾走する馬の姿は、躍動的な軽快感に満ちている。この世界には馬とわたし以外にはなにも存在しないかのようだ。

馬とわたしの間から、オーケストラの出す一音が沸き起こったというような、ひとつの大きな響きが発生する。山々の向こうにいるはずの他の牡馬も仔馬も牝馬も、人間に一切の恐れを知らず、彼らがそのなかで駆け回るひとつの響きは、人間とは別の世界そのものであり、上手く言葉で言い表す術《すべ》などない。ただ黙って礼賛するほかない。

美しい馬の優雅な所作を見ていて、突然スローモーション映像を見ているような錯覚に陥ったのは一度や二度ではない。これは嘘じゃない。馬を目の当たりにした経験を持つすべての人にやってきたはずの神秘の瞬間。それを頻繁に目にするのは、馬に選ばれた騎手だけの特権かと訊かれれば、そう特別なわけでもない。

これが優雅さの若干劣る品のない馬の場合はわからないし、逆に普段から人前に登場しないそういった類いの馬の存在は、誰しも簡単に想像できるものではない。

実際に馬油オイルが含まれていてもいなくても、馬の美しい毛並みが輝いてうねるシャンプーのＣＭがテレビで放映されている機会に誰もが遭遇しているだろう。もしもそのチャンスが再び訪れたら、ただ黙って眺めるとよい。それは高速撮影などの小賢しいギミックなどで処理された映像ではない。それは何の疑いもなく紛れもない現実の時間だ。

乗ってからの事後処理になってしまったが、馬に感謝の念を表するのを、忘れるわけにはいかなかった。

「馬っていいな」そう普段から思っていても、身近に存在する動物では決してない。だが、本来馬は古くから人間と共に生活してきた動物。われわれのＤＮＡには、すでに馬と慣れ親しむ素養がある。それを信じていれば、馬と会うに最適な場所が自然にわかったり、そこで見知らぬ馬と仲良くなる方法が甦り、馬と触れ合ってその美しさ、力強さを感じることが誰でもできるはずだ。わたしは以前から、ずっとそのように考えてきた。

残念ながら、現在の日本には野生の馬はいない。犬や猫のように誰もが気軽に飼っているものでもない。単に馬を見るだけなら、競馬場に行ってレース観戦すればいい。実際に触り、乗ってみたいというなら乗馬クラブが良い。乗馬クラブの他にも、観光牧場や産育成牧場や動物園などで馬が飼育されている。乗馬クラブは初心者に乗馬や馬の手入れ方法を指導するプロなので推奨するが、やはり近くの牧場でのんびり彼らの生態を眺めるのが一番金がかからない。

その馬は近くの、とある牧場からやって来たのが明白であった。人間の都合良い品種改良の研究が一種の虐待ではないかと昨今問題視され、普段から評判の悪い武田牧場。そこから脱走した馬だ、と断定するのはあまりに短絡的だろう。馬に武田牧場と、所有する牧場の名札が添えてあるわけでもない。

現在、地元警察は疑いのある牧場近くに取り付けられた監視カメラの映像を基に、訪れていた人々を特定し、聞き込みを行っている。これまで牧場を訪れた人の具体的な数は明らかにされていないが、調べによれば、同牧場は動物虐待愛好者の間ではいわば有名な〝盛り場〟として、〝ものすごい数の人々〟が訪れていた可能性も高い。また牧場の情報は、動物虐待愛好者が集まるインターネットのチャットルームなどにおいて伝えられていたものと当局は推測している。

我が国では動物虐待は重罪に当たらず、またその為、検死官が牧場近辺で発見された男性の死因を〝不慮の事故〟と発表したことから、これまで男性の名前は特定されていない。しかし地元警察は、動物虐待の可能性もあるとして、今後更に調査していくと会見した。事件は世間を席巻する大騒動となった。

「実質的には、動物虐待は重罪だと考える愛護団体の人もいます。だから今後も調査を続けて行く予定。とにかく、ものすごい数の人々がこの牧場を訪れていたようです」

さらには馬の名前もわからない。競走馬らしい名前などは単なる芸名で、「太郎」とかそういった類いの人間のみたいな本当の名前は他にあるはずだろうが、残念ながら家畜と普段接する機会の多い牧場関係や競馬業界と何らかかわり合いのないわたしには、所詮一切知りようがなかった。

馬に乗った状態で、新宿東口の雑居ビルの三階にある安田の自宅を訪問しなければならない用事があったので、そのまま仕方なくそちらの方角へと向かった。有線からクラシック音楽が常に流れる、とても狭い彼の家の居間に裸電球に照らされた作者不明の『婦人と馬』という、裸婦と動物が一緒に描かれたゴーギャン風の絵画を見たとき、わたしは深い感銘を受けた。

安田をひとことで説明するならば、ネット好きの禿げ上がった独身のオッサンという以外にない。諦めきった悲哀を浮かべた表情が、パソコンの灯りに照らされる。ネットといってもポルノサイトではなく、主に猫などのペット動画などを一日中見て楽しく過ごしている男だ。よくいる動物好きの中年。だが、わたしなどの他の人間が側にいないときに隠れてポルノを、夢中になってこっそり、ニヤついて見ているのかもしれないが、それは知る由もない。

パソコンの前にいないときは、弾いているのを一度も見たことのないピアノの前に座り、ただひたすら自分の手が、普通の人間より繊細に、しなやかに動くのをただ黙って見つめて楽しむ……決して鍵盤に触れることなく。わたしから見れば、それは常人の手の動きとは何も変わらず、部屋の薄暗さと安田自身の視力の衰えと、その鈍い残像が何だか優雅に見えさせているだけだ。彼の趣味が極端に情緒的なものを好んでいるせいで、血液の循環が静止するような退屈なメロディが有線の力を借りずとも、脳内にエンドレスで流れているようだった。彼が猥褻なポルノサイトを、貪るように見ている際は知らないが。

いかにも馬が溶け込む自然の風景から一転、すれ違う人や車が少なくない昼間の公道を馬で移動しながら、わたしは頭部の美しい毛並みに、身体ごと吸い込まれるような錯覚に抵抗した。吸い込まれれば、毛の中で埋没して消えてしまう……その自殺願望にも似た誘惑を抑制する為に、毛の中の光景で、共に小型化した自分と馬がゆっくりと彷徨《さまよ》う様を、自らの想像を客観視する行為で遮ろうとしたのだ。

しかし、勇敢な若いジェロニモならどうしたであろうか。白人への抵抗の戦いであるアパッチ戦争に身を投じた戦士たち。彼らなら、自ら進んで馬と同化したに違いない。だが、わたしなら馬と安易な同化は望まない。不覚にも馬同然になってしまった自分の人生は、もはや何の目的意識も感じられないだろう。馬はリンゴも角砂糖も好む。それに一日に多くの干し草を食べる。馬の好物というと、人はすぐに人参を思い浮かべる。外国では甘いものを喜ぶと言われている。主食としての食べるものは干し草のような青草だ。馬が食事をするときは、まず上唇でより分けた草などを前歯で噛みちぎり、舌を使って奥歯まで送り込む。そして臼歯で挽くようにすりあわせて、細かくして食べる。好物の人参やら馬のブリーダーが調合した得体の知れない特殊な餌などを黙って食うだけに忙殺されたら、何かと闘う意志さえ簡単に奪い去られてしまうのだろう。そういった人間から与えられた餌に、特別に闘争心をなくす薬品が入っているのかもしれない。競走馬にとって、それは致命的だろう。

舗装道路に溢れ出る人間の群れに邪魔されて、狭い歩幅でゆっくり進むしかできない。繁華街はひどい混雑だった。すぐに人目につかぬ場所でブラッシングなどをしてやり、気持ちよく鼻をのばさせてやらねばならないので、どこかで馬用のブラシを買わねばならないので焦っていたのだ。それ自体は、とくにわたしを苛立たせるわけではない。寧《むし》ろ、背後に列なる群衆が、わたしと馬に一定の速度で迫ってくるのが不快だった。このような混雑では、馬を走らせるわけには行かず、まるで工場のベルトコンベアーに乗せられているような気分になった。この流れに黙って身を任せていると、やがては断崖絶壁に追いつめられそうで、次第に居心地が悪くなってきた。なるべく道路の脇を選んで進もうと試みたかったが、そんな端の方に移動することもできない。わたしは腕時計を見た。午後一時五十五分。安田の自宅には、約束の時間に到着しそうにない。

人ごみを避け路地に入ると、地元の子供らしき数人が、特に遊びに興じるわけでもなく集っていた。貧困な家庭の子でもなさそうなのに、退屈そうに佇む連中。馬の耳の動きが子供たちを敵視する感情を表しているのに気がついた。馬が敵を威嚇するときは耳を後ろに寝かせたり、まわりに注意を払うときは音のする方や初めて見るものの方へ顔を向け、耳を立てて警戒するというのを、わたしは本を読んであらかじめ知っていた。蹴散らすように、わたしは馬と果敢に、その群れに飛び込んでいった。

「このクソガキどもが！　殺すぞ！」

驚く子供たちに睨みをきかせて、罵ってやった。馬の方もそのような気持ちだったであろう。人と馬は言葉を使って会話することは不可能だが、彼らは仕草や表情で語りかけてくる。その仕草や表情をよく観察することで、馬の気持ちを理解するのは可能だ。鼻息を荒らげ、険しい目つきで耳を伏せて、首を前に突き出し、頭を低くして、特に騒ぎそうな子供の方を睨んだ。一瞬の沈黙の後、蜘蛛の子を散らすように、彼らはわめきながら目の前から消えた。馬などの珍しいものを連れていると、子供は安易に興味を示し、気安く近づいてくるだろう。しかし、経験上ろくなことにならない。わたしは親でも教師などの教育者でもないから、無駄な時間は回避するに越したことはない。しかし、彼らに怪我をさせるわけにはいかないので、具体的には何の曲でもない鼻歌を口ずさみながら手加減してやった。馴れ馴れしく近づく余裕を与えず、追い回して、威嚇するに留まった。しかし、次から次へと新しい子供が、どこからか湧いて出てくる。何の曲でもない鼻歌の断片が続々と、脳内で聴こえてくるのに似ていた。

「何を笑っているのか。妙なガキどもだ！」

どの子供も屈託がなく、本当の白痴か、大人から麻薬を与えられているように思えた。

「親たちはどこ行った？　無責任に産むだけ産みやがって！　面倒みれないなら、せいぜい責任持って自分たちで間引けよ！」

行き場所のない子供の多さと道の狭さにうんざりしたわたしは、再び大通りに戻った。

やがて段ボールを重ね敷きした浮浪者たちの集う場所に来た。寝床の不潔さに比べ、彼らは意外にも新品そうな小綺麗な服を身に着け、陽気に酒盛りをしていた。いかにも仲が良さそうな光景。焚き火の近くに集い、近所のコンビニで買ったような寿司やサンドイッチを美味そうに頬張り、酒が飲めないものはポットからお湯を、それぞれ自前のカップに注いで飲む。インスタントラーメンの袋に乾麺を残して、スープの粉だけを取り出してお湯を注いで飲む者も結構いた。味は想像できるので、大したものではないのはわかるが、彼らはそれを実に美味そうに飲んだ。

馬は鼻を鳴らし、一方の前肢で地面を前掻きしている。これは明らかにお腹が空いていて、餌をなど要求する仕草だ。

他の浮浪者たちの食べているものは、わたしの視力が悪いのもあって、何を美味そうに食べているのかが詳しく判別できなかった。馬でも美味しく食べられるものがあれば、と必死に目で追った。果物に見えるオレンジの丸いもの、野菜に見える長い緑のもの、調理したような湯気を出して皿に盛られたもの、総菜売り場のパックから出されて形や色もこちらから見えないまま直接口に運ばれたもの、それらが正確には何であったのか、まったく見当もつかないのはなんとも残念だった。

突然、馬が左右の耳をバラバラに動かし、視線もあちこちを見て定まらず、鼻孔を開き嗅ぐ仕草を始めた。やがて耳を立て、警戒している物や音の方向へ首を向けて、じっとその方向を見つめ始めた。浮浪者たちの存在に、何か不穏なものを感じ始めた証拠だ。

それが険しい目つきで耳を伏せて、顔を前に突き出した状態に変化したとき、わたしは馬が彼らに咬みつこうとする危険信号を感じて、緊迫した。このようなときに人間が近づくと、いきなり咬んだり、蹴ったりして凶暴化する可能性が出てきた。為す術がなく、踵《きびす》を返して元に来た道を辿り始めるしかなかった。

わたしは馬を所有していると思われる、武田牧場に連れて帰る決意をした。

ここの牧場主に会ってみて、これは信頼できる男だと、わたしは判断した。

「俺は普段から平然と動物虐待支持を表明する。日常の些細なことで、すぐに彼らにあたる。けれど、人間ってだらしないんだということを動物にわざわざ見せてやらないと、彼らと仲良くなれないというのが真実なんだよ」

牧場主は、その牧場の名前が「武田」というせいか、あのタレントの武田鉄矢そっくりに思えてきた。すると声まで似ているように感じる。話を聞いているうちに、完全に本人にしか見えなくなるにしたがって、その人間的な信用も嘘のように消えた。

わたしの年代だと、普通はテレビでの当たり役、金八先生のイメージが強いのであろうが、個人的にはやはり映画『幸福の黄色いハンカチ』での不器用な若者役ではないかと思う。刑務所帰りの中年男が、偶然出会った若い男女とともに妻の元へ向かうまでを描いたロードムービー。過去を持つ主人公の物語と若いカップルのラブストーリーが北海道の四季とともにつづられ、一九七七年に公開されるや大ヒット。その年の映画賞を独占。日本映画史に輝く不朽の名作だ。機会さえあれば、色鮮やかによみがえったデジタルリマスターにて堪能したい名作。彼が演じたのはナンパ目的の軽い男ではなくて、恋に不器用な男。彼の演技が本当に可笑しくて、可笑しくて……まさに抱腹絶倒の連続だった。例えば駐車場のシーンで「この百姓が～！」と車を蹴飛ばしたところ、中からたこ八郎演じるヤクザが出てきて、大変なことに。前半は爆笑の連続だが、ラストシーンは言うまでもなく最高。警察署から出てきた主人公が、雨の中一人駅に向かうところを若者二人が引き止めるシーン。当初ナンパ目的で、邪魔な存在なはずだった男に、いつしか情が湧いて兄のような存在に変わる。その人の本質や背負った人生を思い、人情や温かみを感じた。

読者の皆さん、彼の演技について、正直どう思っているのだろうか？

実のところ、わたしは芸能人の武田鉄矢という男に対して、相当な偏見を持っており、直接何かされたわけでもないのに印象はとてつもなく強烈に悪い。あの男の声を聞くのも不快なので、テレビに登場すれば、即チャンネルを変える。もし鉄矢の身の上に何か困ったことが起きても、何もしてやらないし、話も聞いてやらない。もし鉄矢が河で溺れているところに偶然通りかかっても、絶対に見て見ぬ振り。怪我して倒れていても、救急車を呼ぶこともない。小さな鉄矢が必死にゴミ箱の中から這い上がろうとしたならば、そっとフタを閉め、その上に重い物を載せて立ち去る。近所の壁に鉄矢の似顔絵が大きく描かれていれば、自腹で洗剤や掃除道具などを買い込み、必死で消す。買う金がなければ、小便をかけて消す。

血液型はO型だと聞く。ならば、マイペース過ぎる性格が仇となっているのだろう。

実際には、鉄矢は演じている役と自分のイメージを同一視されたくない心理から、ドラマとは正反対の自分をトーク番組などで作っているというのは有名な話。わたしが興味あるのは、一般の人々が鉄矢に「性格が悪い」という印象を持つに至った客観的なソースであった。なのでわたしが鉄矢に対して、人気芸能人だからといって何か妬みのような感情を抱いているとか、さしたる理由もなく忌み嫌っているだとか、とんちんかんなことを言い出す読者もいるようだが、もう少し現実を見て欲しい。

「誰とメシ食おうといいじゃないですか！」

都内の高級中華料理店で、ある大物俳優と食事会をしたときのこと。その際に日本映画史にもその名が残る七十歳を超えた役者が見せたある行動に、出席した人々が全員凍りついた。

時間に遅れてしまう、とわたしは急いで駅から店に走り、慌てて席に着いた。すぐに大物俳優と目が合った。

「よっ！」

わたしに挨拶をしてきたと同時に、いきなり茶色のものが突然、目の前を垂直に飛んで行った。名優が円卓を挟んで座った自分の付き人の顔面に向かって、ビニール袋に入った馬糞と思われる塊を素手でブンと投げた。

ここに来る前に名優は、小田原で撮影があり、連ドラの時代劇で戦国武将を演じていた。恐らく、馬糞はロケ先で採取してきたものに違いなかった。当然、破れたビニールから飛び出した馬糞の断片が、付き人の顔面で砕けて円卓の上に飛び散り、高級な中華料理の皿の上に降り注いで台無しにした。普段口にすることのできない料理を楽しみにしていたわたしの落胆する表情が、いまでも目に浮かぶ。

この荒っぽい行動にどう対応すればいいのだろうか？

考えあぐねて、わたしは窓の外を見つめる。ブンブンと熱気と共に騒音を発生させる隣のビルの室外機と、次に部屋の中であくせく仕事する会社員たちの姿が目に入った。彼らは実際に仕事をしているのだろうか。案外、仕事をしている振りだけなのかもしれないないと、ふとわたしは思った。

もともと会食が苦手であったわたしは、実際に食事に行かなくても、行くと思うだけで胃が痛くなったり気持ちが悪くなったり、手足が震えて力が入らなくなることも多い。飲み会や食事会の案内など誘われるだけでダメ、テレビで食事をしているのを見るだけでもNG。最初は「今日は大丈夫だ」と確信を持っていても、食事中に何故か突然気持ちが悪くなったり、美味しいものを前にして突然食欲がなくなる。

同じ番組に出演するタレントもたまたま同席していたのだが、彼らも助けを求めるような視線をわたしにぶつけてくる。驚くことに、脇目も振らず料理の中から必死で馬糞だけを排除して、無心に口に運ばなければならないほど空腹の出席者もいた。それを目にすると、こちらは余計に食欲が減退した。やがて過呼吸やめまいなどの症状が出るのを、予測して気が気ではなかった。

わたしが直面した、世界中の映画祭で数々の賞を受けたような名監督たちと仕事をし、駅前でＤＶＤが五百円でよく売られているような名作映画に出演している役者の馬糞投げ事件。いくら銀幕の世界で生きてきた人とはいえ、これは酷いと幻滅した。かつては銀幕のスターとして、この程度のものはワガママとして許されていたのかもしれない。ただ、現在のようにスターが身近に感じられるようになった昨今、わがままはただの傍若無人としか映らない。

しかし彼と同じように気に入らないことがあると、すぐ馬糞を投げつけるタイプの役者が実は業界には少なくないことを、仕事をしていくうちに理解するようになった。

わたしの知人でもマネージャーや付き人で、円形脱毛症に何度もかかる、うつ病になる、パニック症候群になる、過食症になって糖尿病で死ぬ、よく食い物に不浄なものを混入されて拒食症になる……など悲惨な状況になっている人が何人かいる。パブリックイメージとは裏腹な名優の、人を人と思わないような素顔におぞましくなってしまう。

そんな話を、元芸能人で現在は売れっ子脚本家として活躍している友人に話したところ「奴らは人間じゃなくて、タレントという生き物なんだ。そもそも連中とはモラルが違うんだ」と、吐き捨てるように言い放ったのである。それで納得がいった。

角田の実家で

崖が崩れるゴッゴッという擬音が、彼女の背後から聞こえてきそうだった。

いつからなのか。最近感じていた。いまにとんでもない異常な光景と対峙するときが、唐突にやってくる。その瞬間を、いったいどのように回避すればいいのか。ここのところ、そればかりに頭を悩ませていたのだ。

山道を呑気に歌を唄いながら愉しんでいた登山者の阿鼻叫喚、絶壁から乗用車が転落して谷間で爆発、優雅な白い山荘が轟音を上げて真っ二つに裂ける恐怖が想起される。そんなダイナミックな印象を、実際に目の前にいる女性から、ストレートに受けたのは初めての経験だ。

いや、そこまで激しくはないにせよ、車で山の中を走行している最中に目にする、路上に落ちている岩みたいな感じが、彼女から漂ってきた。それらには目なんかついてないし、顔なんてないからどこを見ているのかわからないけれど、確実に息を殺して、時折こっちを見て、爆破のタイミングを岩場の陰からうかがっている技師の緊迫感。

目だけが金魚などの小動物みたいにギョロギョロ動いて、鼻や口は誰かが急いでそれらしく作った紛い物に見えて、とてもじゃないが生きている人間の雰囲気がしない。

何度頭の中で否定しようが、それは岩に関する印象から少しも動こうとはしなかったし、自ら演出しているつもりもないだろうが、かといって進んでそういった岩の印象を持たれようとも、まさかしてはいまい。

誰もが気軽に仕事や飲食だけでなく、真剣な会議、ちょっとした政治集会ができるスペースに来ているのだが、ゴツゴツしたおばさんが目の前の席にいた。いつから彼女はそこにいるのか。路上の岩がどこからやってきて、いつからそこにあるのかという疑問と同様、誰も説明できないし、そもそも誰も疑問に思わない。

「あの女性は？」

関心など持つまい、という態度を貫こうとしていたが、気がつくとずっと隣で黙っている角田に訊いてしまっていた。

「誰のことだ？　澤井さん？」

人は地響きのような低音を、無意識に自然に発するのか。普段それが当たり前すぎて、忘れてしまったのかと思い、彼の背後からも同じように音が聞こえるのかと、返答を待つ間に耳を澄ましていた。

「澤井って、そんな平凡な名前なのか、あの人」

細いフレームの眼鏡の角田という人物は、何かにつけて事情通で知られてはいたが、訊いておいてなんだが、岩のようにゴツゴツした印象以外特に何もない中年女性の名前を知っているのには驚いた。きっと彼がいる空間に存在する全てのものに、カラフルな付箋が花畑のように付けられているに違いなかった。

「なんか山っぽい感じだろ」

聡明な彼が言ったのを、そのまま認めるのはこちらの頭が悪い感じがした。

「いや、特には」

彼には大した関心はないにせよ、山とか岩とかの野性の印象がしないという意見には否定的だった。

「ウソでしょう。じゃなければ石とか岩とかそういう類いの」

特に彼女を擁護しようとか、そういうのでもなく、ただ単にどんなに知らない他人であれ、内面のない物体にたとえるのは気持ちがよくない。

「ゴツゴツしてるからって、そういう風に言うのは」

そのように擁護しながらも頭の中では、彼女とマーベルのコミック『ファンタスティック・フォー』に登場するおなじみの怪物キャラクター、ザ・シングとの接点を見出そうとして必死だった。彼に殴られたら、とても痛いだろう。確かに彼はオレンジ色のゴツゴツした肌の持ち主であるが、無類の頑丈さと怪力の持ち主。無口でぶっきらぼうな部分もあるが、実際には一般人に心優しい。優秀な元空軍のパイロットでもあった宇宙飛行士。他の登場人物たちとは違って自在に人間の姿に戻ることはできず、自分の醜い風貌と人々からの偏見と誹謗中傷に、日頃から大変に心を痛めてきたが、魅力的なガールフレンドとの出会いによって、その悩みを見事に克服した。

フリーなスペースと呼ばれる空間は、誰でも入ってこられるウェルカムな開放感とは相反して、大概内装が常に殺風景である。クリーム色だとか灰色の壁。明るい雰囲気とは特にいえないが、照明だけは無条件に明るい。便所は勤勉な掃除夫によってマメに掃除されているわけではないけれど、近所の公園のものと比べたらいくらかは清潔であるし。食堂ではないから、何でもあるというわけではないが、自動販売機で飲料だけでなく、カップ麺やスナック菓子、菓子パンなど軽食は充実しており、喫煙スペースとの分煙にも気を遣って、喫煙者たちが気さくに触れ合える工夫が施されているようだった。

特に富士山とかアルプスなどの山岳写真が、壁一面大きく貼り出されているわけでもないが、澤井という女性がいるせいで何故か山の雰囲気がした。現に、その席に近づいた者は皆揃って訝《いぶか》しげな表情をし、不可解に辺りを見回して、直接山と繋がるものを探した。

周囲の戸惑いなど我関せず、彼女はただ黙って座っていた。特に資料を見てテキパキと書類に何かを書き込むわけでもなく、何もない天井の一点を見つめて静止状態というわけでもなく、何か食料を無我夢中で頬張るというわけでもなく、ただそこに存在しているだけだった。

生気の感じられない原始の土偶が置いてある、という感じでもなかった。とはいえ、狸の置物というのでもないし、熊などの動物の剝製という乾いた死の匂いもない。

ゴツゴツした感じだけがそこにあった。植物や土というのも、辺りにはない。乾燥して、ただ岩のゴツゴツした感触の女性。ゴツゴツおばさん。淹れたばかりなはずのかなりの高温のコーヒーを、紙製のコップから、問題なくサッと一気に飲み干した。

恐らく彼女には、他に行く場所が思いつかないのだろう。和気あいあいとした家族が集う家庭は勿論、近所に以前あったファミレスもコンビニも、いまは特になく、薬局もランドリーもいつのまにか潰れていた。といって何でも揃う郊外のモールに行くには手頃な交通機関がないので、そこは想像を絶するほど住民の誰しもに遠くに感じられていたのである。

このフリースペースのある近代的なビルの周囲も、目立った建造物は特にない。険しげな深い森におおわれていて、安易に人々が足を踏み入れがたい異様な拒絶感がある。自然が人間を阻んでいるとでもいうべきか、とにかく立ち入るべからずという無言の脅迫だけがじんわりと伝ってきて、嫌な汗が肌から滑り落ちる。

その先には、樹々によって暗く遮られた渓谷が続く。日光に輝きを与えられたことのない、地味な小川が流れているのが、窓から見えた。古い家屋も点在しているようだが、どれももはや誰も住まずに十数年は経過している模様。貧しい外国人も、恐らくここには住みたがらないと思われる。離れても伝わってくるじめじめした陰気さよりも、勝手に想起されるイメージのせいなのだろう。想像するに昼間はともかく、ここに居住しようとする無謀な者たちにとって、夜の就寝時に見る夢はきっと不快に違いなかった。恐怖小説の挿絵になっているような銅版画の光景が、鮮明に思い浮かんだ。

山岳地帯での質素な暮らし。

そうした語感からやってくる牧歌的な長閑《のどか》さとは程遠い、鬱蒼とした森の中に、澤井さんは簡素な住居を構えているのだろう。簡単に話を聞くわけにはいかないだろうか。少しでもいいから。

しかし、ただ話を聞くのに、こちらにも多分ある程度の覚悟は必要だった。そもそも彼女には、他人と交流するという意識があるのであろうか。

「ゴツゴツおばさんと話したことはあるのか」

角田に訊いた。彼は即座に眉間に皺を寄せた。

「数回はな」

彼らはいったいどんな会話をしたのか、まるで想像がつかない。

この施設は自分の方が角田より、遥かに多く使用している自信があったし、なにより彼にここを教えたのは、自分だった。それなのに澤井さんと既に交流していたとは。無性に嫉妬のような、行き場のない怒りを仄かに感じ始めた。

しかし、いったい澤井さんに何を訊けばいいのか、自分では何も思いつかなかった。

「どんな話をしたんだ」

思い切って角田に訊いてみた。

「ゴツゴツおばさんはなあ、実はウチの母親と仲がいいんだ」

角田の母親なら、自分も以前から知っている。両者が繋がっていたとは意外だった。考えてみれば、確かに二人の世代は近いように思えた。だが、あんな異常にゴツゴツした人間と交流を深められるとは、到底信じることができなかった。これも牧歌的な郊外の長閑さの反映なのだろうか。

彼女を意識的に排除する必要はない。しかし、それは歯と歯の間に詰まったものを無視して日常を過ごす辛さと何ら変わらないように思えた。勿論、その状態を苦痛と呼ぶわけにはいかないが、当然気持ちがよいともいえない異物感。早急に口内から排除が望まれる状況であるのは間違いがなかった。

ああ、それにしても角田の母親だ。岩要素は皆無で、どちらかといえば、若い頃はあの往年のイタリア人大女優ソフィア・ローレンに少しだけ似ていたかもしれない。澤井さんと親しいとはいうものの、似ても似つかない。しかし、似ていても似ていないとは、どういう意味なのか。どれだけ同じでも、何らかの理由で、どうしてもそれを認めないという意志の表示か。

角田知子だった、彼の母の名前は。ゴツゴツみたいな擬音の渾名《あだな》は特にないようだった。角田を産んですぐ離婚し、隣の県にある「ヤナイダ動物園」で飼育係を三十年近く務めるベテラン。その前には保母を勤めていたせいもあって、担当している動物は特になく、どんな種類でもすぐに手なずける特殊な才能があった。器用な母親だった。

「まずお前の母親と会わせろ」

そう率直に言うと角田は唖然とした顔で、何も言うことができない状態になった。数分、会話は再開することなく、互いの目を見つめたり、どこでもない方向を眺めたりして平行線を辿った。

彼の肉親と対面するのに反対なのか賛成なのかは判然としないまま、とりあえずフリースペースのあるビルを出て、そのまま角田の実家に向かった。バスに三十分程乗り、駅で別のバスに乗り換える。彼には実家を訪れることは特に言わなかったし、とてもじゃないがそれを真摯に受け止める余裕のある表情ではなかったようだ。

駅に着くと、実家のある住宅街「業田行き」のバスは、駅前のロータリーの脇の所定の場所に、すでに停車して待っていた。特に行き先の表示を確認しなくても、これが乗るべきバスだと直感でわかった。

いかにも郊外のバスという感じで、古い車体には外装の塗料の剝がれている部分が目立った。「いちご狩り！　海鮮食べ放題！　人気テーマパークや話題のパワースポット！」とペンキで車体に手書きで元気よく書かれているが、この土地にはそんなものは一切ないのは明らかだったので、誰もそんなのを信じなかったし、それに結構、老朽化して薄汚れていた。普段なら牧歌的な長閑さが古ぼけたものの味わいとしてもてなしてくれるのだが、ここでは一切それがない。郷愁というペシミズムすら許されない。だから、じっと見ていてあまり楽しい感じはしてこなかったが、とりあえずこれに乗るしか選択肢はなかった。

時間通りバス発車の時刻が近づくと、駅ビルの中の路面の喫茶店から数人が出てきた。サラリーマン然とした三人の背広の男と、若いカップルなどがいて、彼らが地元の人間かどうかは一瞥しただけではわからない。

いつ発車してもおかしくない。しかし、バスはなかなか動かない。運転手も時折、ミラーから背後の乗客たちの様子をつぶさに監視しているようにも見える。

「出ねえな」

後ろの席の学生服の男子が呟いた。

携帯でも弄《いじ》っていて、通話している相手が電話に出ないのかと思ったが、よく考えるとそれはいつまでも発車しないバスについての不満だったのに気がついた。

乗客は喫茶店から出てきた五人と、最初からすでに乗っていた学生だけだった。サラリーマンと思われる男たちは皆、よく見るとちゃんとした服装とはいえない、どちらかというと乞食のようなだらしない格好だったし、肌もドーランでも塗ったかのように不自然に浅黒かった。多少酒を飲んでいるようで、視線が定まっていない不安定な表情。彼らから酔った勢いで話しかけられても、いずれにせよ、何が何でもこいつらとは絶対にコミュニケーションを取るのはよそうと決意した。

しかし運転手の方は、さらに悪い印象が目立った。どのように酷いのか、ちゃんと見極めようと注意深く観察しようとした。しかし、じろじろ見たりするのは良くない、と思い立ったのだが、そのような気配りは結局完全に無駄だったのである。自分の意識が体内から抜けだし、ドローンのように目の前の運転席の方へと浮遊しだしたのだった。不可抗力ともいえる不思議な求心力を運転手が持っているせいなのか、吸い込まれるように精神が彼にズームしていく。無意識のうちに、不快な対象ほど事故現場などで何度も犠牲者の血液の赤さを確認するように注視してしまう、あの呪われた瞬間と同じだった。

殆ど生気を感じさせない、下品な屍。いや、いくら何でも生ける死者ではないにせよ、死を思わす臭いだけに留まらない、不浄な何かが身体から常に放出されているのがわかる。

そんな死体のような、不健全極まりない人物が悠長にバスを運転し、乗客の安全などに気を遣って、そして毎月給料を会社から貰っているとは信じられない。だからといってそれをバス会社に抗議するような立場だとはいえず、確かにこうしてたまたま利用している客だとはいえ、大声で主張する気にはなれなかった。それに車内にある牧歌的な雰囲気を、できるだけ壊したくなかったというのもあった。

「ぜんぜんバス出ねえな」

後ろの学生が、再び文句を口にする。

不満をすぐに表明する純粋さになのか、それとも時間通りに出発しようとしないバスの運行に対する不満なのか判然としないまま、何の変化も訪れようともしない鬱屈した車内の雰囲気が、不快の頂点にまで上り詰めようとしていた。

「やる気あるのか、おい！」

さらに一層、苛立ちを高めた模様。若さ故の時限爆弾が、まさに危険な閃光を放とうとしていた。前席で呑気に呆然としていたが、突如緊張が走った。いまにも座席の背もたれをバンと叩きそうな勢いであった。

若者の鬱屈ばかりに神経を持っていかれるのも癪なので、他の乗客の様子はどうなのかと気になってきた。

「い、育毛剤の強力なやつが出た！」

急に後ろの席の中年男性の大声が聞こえたので、驚いた。確かに彼の頭髪は、他に比べる者がないほどに薄かった。何か化け物でも目撃したかのような驚愕だったので、思わず辺りを見回したが特に何もなく、何のことなのか理解できなかったが、それが単に強力な育毛剤の話題だったので、さらに驚いた。

「馬だ。馬の芳醇なエキスが入ってる」

新聞の広告面を手にしたまま何かを発見したような、歓喜の声だった。それは井戸に落ちて以来、何年もそこから出られなかった百姓が、ついにそこから救出された際の喜びを表す効果音の為に、録音されていれば再利用できそうな、喜びに満ちた声だった。

しかし、馬の芳醇なエキスと聞いて、いくら頭髪が豊かになるとはいえ、それをあまり自分の身体に直接振りかけたくない、とは率直に感じたのだった。

想像すれば確かに、馬たちの美しくしなやかな毛質には、常に人々が望む何かがある。

それに取り憑かれた人間も、かつて何人か出会った。

海外では、普段農家や競馬場では見かけない美しく長いたてがみを持った馬たちのグラビア雑誌があり、それらの愛読者は主に十代の少女たちだという。普段はトップモデルたちのヘアスタイリストであるプロたちが、馬のたてがみが美しく風にたなびく瞬間を、ギラつく貪欲なまなざしのカメラマンさながらに必死でスナップに収める。

馬たちの長いたてがみが魅せる、ワイルドなエロス。田舎の畑で麦穂が牧歌的に揺れるのと違い、戦場の中央にある国旗のようである。その勇ましさに肩を押されて、兵士は敵を一切の慈悲なしに殲滅できるのだ。

チャイコフスキーのヴァイオリン協奏曲第一楽章が、どこからか優雅に流れる中、馬たちは草原に集結。愛国カメラマンたちは、敵国の地が敵兵の血で真っ赤に汚れるのを夢想しながら、馬たちを夢中で撮影。

馬のエキスが誘うエロスに、欲望を剝《む》き出しにした中年男性の甘美な表情には、明らかに頭髪が蘇って長髪に伸ばした若者の充実感があった。言葉のない思いが、止めどもなく彼からあふれ出してきた。目の奥からは不明瞭な言葉の海が垣間見えたが、直接口からは出てこない。だが部外者から見れば、ギトギトに脂ぎった恍惚の美学としかいいようのない腐臭が漂っている、不気味な様子しか感じられなかったのが残念である。

「オレは不良でもヤクザでもない。普通の高校生なんだ」

直接そういったかどうかはわからないが、後ろからそのような内容の呟きが聞こえた。中年男性に注目している間は、学生は大人しく黙っていた。これも都会人に対する牧歌的なもてなしの一種かもしれない。

「本当のヤクザは死んでいるか、牢屋に長年入っているか、隠れてガチに大金を稼いでいるかのうちのどれかだ、と先輩が教えてくれたんだ」

ちゃんと振り返って、後ろの席を見てみると、何と彼の会話相手は携帯電話だった。

そういえば先々月、ひとりでふらりとバスツアーに出かけた。

旅行会社が主催する日帰りバスツアーに参加したのだ。旅のテーマはマスカット狩り。

以前、旅先でイチゴ狩りやブルーベリー狩りはしたことがあるが、マスカット狩りだけは体験したことがなかったので大変な興味を抱いた。

ツアーを企画した会社が指定してきた集合場所は、新宿駅西口から徒歩十分ほどの新宿センタービル前。東京に住んでもう二十年以上経つが、いまだに新宿駅が迷宮のように感じられる。特に西口辺りがよくわからない。

集合した場所は、様々な旅行会社のバスが集結。朝早くから沢山の旅客がいた。「マスカット食べ放題!」と煽情的なフレーズがポップな書体で車体に書かれていたので、どのバスに乗るべきか、瞬時にわかった。

乗客は十八名。ガイドの添乗員女性とドライバーの男性の二名。それがこのバスの乗客乗員のすべてである。彼らにいわせれば、今日の参加者は少ない方。週末は大勢の家族連れで賑わっている。

新宿からバスが山梨を目指す。高速道路をひたすら西に。途中、八王子や相模湖を経由して山梨へ。その間、たった五十分。意外にも近いのだが、市内に入る寸前に談合坂サービスエリアでトイレ休憩。ここはとても大きなサービスエリアで、なかなかグルメな印象の飲食店が並び、とにかくフードコートやカフェやコンビニやお土産も充実している。

そしてバスはすぐに笛吹市に到着。

広大な土地に広がるマスカット畑。ここでようやく、お楽しみのマスカット狩りが始まるのだった。

まず生真面目そうな眼鏡をかけた細身の農場スタッフから詳細な説明を受け、全員にハサミが配られる。これを受け取った後にも、細心の注意を払うように説明が続く。

「ハサミは凶悪な武器にもなり得ます。扱いには慎重に」

小学生に戻った気分で、熱心にスタッフの言葉に耳を傾ける。聞き逃しは禁物だ。ハサミには他人の身体を傷つける可能性があるだけに留まらず、自分の指を切り落とす可能性さえある。

「さて、お好きなように、ご自由に！」

スタッフはすべてを解き放つように、宣言した。

ところでマスカットと聞くと、すぐさま誰しも黄緑色を思い浮かべるだろう。「マスカット」といえば「マスカット・オブ・アレキサンドリア」という品種であり、これが黄緑色そのものを連想させるが、必ずしもそうとは限らない。事情はいろいろ複雑なようだった。

狩ったシャインマスカットは、一房が片手で持ちきれないほどの大きさ。計れば、恐らく一キロはあるだろうか。待ちきれず、慌てて食べてみたところ、驚くほど瑞々しくて甘かった。とにかく美味しい！　噛んだ途端に口の中で広がる甘い果汁。とにかく皮が薄くて、その存在が気にならない。食べ放題の果物なんて大して美味くないだろうと決めつけていたので、この美味しさは期待を裏切った。とはいうものの、全部をひとりで食べきるには大き過ぎた。永遠に食べ放題というわけではなく、あくまでも制限時間は三十分。一〇〇グラムにつき四百円での量り売りで全部持ち帰った。

それまでは隣の席に乗客はいなかったが、何故か帰りには貧相な地元民の老人男性が座った。髭だらけの津川雅彦に似ているといえば似ている。

その老人、何かいままで嗅いだ経験のない強烈な臭いがした。

間違っても飲んではならない猛毒が混入された整髪料に似た臭いとも思え、または間違っても頭皮に塗ってはならない腐った飲料水の香りがした。

何故だかふと彼の職業が、農民でなく画家であるような気がした。彼が包みに持っていた果物たちが、ゴッホが絵画の中で描いた物体に見えた。それらがいかに美しく見えたとしても、実際に食ったら美味いはずはない。

気がつくと、いつの間にか出発を待っていたバスはすでに順調に運行しており、予想を超えた田舎の長閑な道路を走行していた。そう時間は経っていないはずだったが、駅前での印象とは簡単に繋がらない。遥か遠くの牧場としかいいようのない、牛たちがひしめく牧歌的な土地を横切っていた。

わざわざ後ろの席を確認する気には到底なれなかったが、ウソのように学生は黙ったままで、大変に大人しかった。発車前までは注意してやろうかとさえ考えていたが、喧嘩になるのも嫌だし、とにかく事をわざわざ荒立てる必要がなくなったようで、安心した。

ようやく角田の実家の近いバス停に到着したが、そこは意外にも一帯何もない。廃墟になっているのは、後で耳にした噂通りだった。当然、何も知らずにみたその光景には驚いた。ただ道沿いの五〇メートル先のガソリンスタンドと回転寿司は、普通に営業しているようで、順調に客が出入りを繰り返していたのだが。

この日よりちょうど二ヶ月前、警察による一斉調査のもと、この地域の家々が秘密裏に家宅捜索されたらしい。香港警察から買い込んだレーザーポインターが、大量に運び込まれたようだ。

老若男女入り乱れた逮捕者が多く出て、大型バスで本庁に運ばれて調べを受けた。その間に彼らの住宅の多くが焼かれダイナマイトで爆破された。その情報が他の地域の人々に伝わったのは、しばらく後のことである。あまりにも情報が少なく、大した抗議運動も起こらなかったが、実際の報告書がもし一般の人々の目に触れる機会があれば、きっと国全体がすぐさまパニックに陥ったであろう。

この周辺の近隣の住人からの内輪話などから伝わってきた情報を手に入れたジャーナリストの一部が、朴訥とした平凡な田舎町での異常な逮捕者の数から疑惑を抱いて調査を開始したが、警視庁は取材の一切に口をつぐんだ。やがて、その後行われた数件の裁判でも、個々の罪状は明確にされなかったし、罪人も釈放されることなく、人里離れた施設に隔離されたままであった。

しかし、程なくして地域の不気味な噂が週刊誌などに頻繁に掲載されるようになり、やがて多くの人権団体から警察に抗議が寄せられると、取材者たちは地方に点在する収容施設に招かれて取材を許された。結果的には、多くの疑惑に対する疑問の声が止んだ。いかなる取材が行われたのか、定かではない。権力によって、あらゆる問題がうやむやにされ、口をつぐまされて、どこかに消えた。

ゴミのようなものが積み上げられ、無責任に散らばって荒涼とした荒野を、もはや何もない土地だと、何も見なかった盲人のように言うことはできない。ここで起きたことの責任など、誰も取ろうとはしない。だが、なかったことにするには、過去の陰影が刻まれ過ぎている。すでに亡霊たちが、空気に染み入るように宿っているのだ。

生者の恨み辛みなど、もうここにはなく、あるのは無人の呪いのみ。

そこに何の罪もない人間が、呆然と立っているというだけで、過去の亡霊たちから呪われる場所に成り果てた。

だが、権力より押しつけられた箝口令《かんこう》に従う義理はない。ここで起こった現実を、世に知らしめることは現実社会にとって正しいことだと信じている。ないものをあると主張する我が国の権力に鉄槌を下すのは、実際に存在するものを明確に、日の目に晒すときだ。

呪いは実在する。それに打ち勝つには、いかなる信念を必要とされているのだろうか。

孤独の時間が長かったせいなのか、気がつかないうちに、歌を唄っていた。いつ出現して襲ってくるかわからない亡霊に対する恐怖が、その歌を唄わせたのかもしれない。唄いながらも、その歌が誰が唄っていた歌なのか、まるで思い出せない。知らない曲なのに、何故唄ったりすることが可能なのか。

これはきっと怨霊に憑依されたときに起こる現象。即座に確信が訪れた。

最大の恐怖だった。自分が自分じゃない。自分と関係のない過去が襲ってくる。

その瞬間、当然のように馬の一団が待ってましたと、ここぞとばかりにけたたましく駆けつける。勇壮なファンファーレが聞こえたような錯覚。

「誰が呼んだんだ！」

絶体絶命のピンチに、思いもよらず救いが訪れたというのに、怒りに等しい疑問が湧いて、無意識に怒鳴ってしまった。

まるで西部劇における騎兵隊の到来（勿論、人は乗っていないが）の瞬間を観ているような勇ましさだが、実際にはこの状況を誰が望んだというのか。誰が、何の為に、これから巻き起こる激しい流血の悲劇を望んだのか。時代遅れの悲惨な過去を求めるバカは、いったい何奴《どいつ》なのか。

その集団の到来は、明らかに戦闘を期待されての登場であることが明らかだった。いま凶暴な亡霊と化した澤井さんと、どのような死闘を展開するのだろうか。しかし、残念ながら、私にはとりたてて一連の出来事に興味がまったく湧かず、そこにいた誰にも気づかれないまま、足音も立てずにそそくさとその場を去って、バス停に戻ってしまった。

もっと時間があれば、私は血が流れる瞬間まで居残っていたであろうか。個人的には血を見るのは、とても苦手だ。

次の政権も皆で見なかったことにした

お告げめいた「南へ」という声が聞こえたので、簡単な身支度をして、割と急いで外に出た。

特に急ぐ理由なんてなかったが、ダラダラしていると一日家で寝っ転がって陽があっという間に暮れてしまう危険性があった。

テレビの推理サスペンスが昼食を終えた一時に始まって、まだ事件は解決していなかった。ちょうど箸を茶碗の上に置いた瞬間から始まったそれは丘みつ子主演の作品だった。冒頭から観てるわけではないので、タイトルは知らない。内容はどうせ真実じゃないし、親類や友人が被害にあうわけでもなく、誰が犯人でも構わない。土曜日の午後二時ごろ。晴れてはいなかったが、朝から土砂降りの雨は止んでいた。

自室のあるアパートの二階からの階段を降りながら、何度も「南へ」という声が、頭の中でリフレインされる。それが単なる自分の声であったとしても、驚きはない。どこからともなく聞こえてくる何者か判別のつかない声は、後に思い出すと、いつも自分の声に聞こえた。

荷物があるわけでもなく、簡単な身支度とは、雨ガッパを着るくらいしかなかった。後はいくばくかの金銭を持っていくだけ。超能力がなくても透明のポケットの中に、財布が見える。大した額が入っているわけではないが、これで当分の心配はない。

南というからには方位磁石が必要で、サッと雨ガッパのポケットから取り出すと、すぐに問題が発生した。住んでいるアパートの脇の、空き地の雑木林の闇を突き進まねばならなかったからである。とても先に進めそうにない、単なる行き止まり状態に見える。ただの黒ずんで汚れた壁に、鼻を突きつけて前に進めない気分を満喫するのは、決して悪いものでもないと思うけれど、その感触を経験した後に、人は何を思えばいいのだろう。

しばらくは雑木林の、その奥を見つめて佇むしかやりようがなかった。その先を進んだと同時に、簡単に冒険は終わりを告げる。何か新しく別の物語が始まればいいのだが、ただの終わりがあるだけのようにも思える。

まだ冬の寒気が張っている。目の前のゆるやかな坂を、二人の子供がサッカーボールを蹴りながら下ってくる。両者ともユニホームを身に着けており、地元のチームの選手なのだろうか。

シダ植物に覆われた物置の中に入る。完全な真っ暗闇の中、左右に同じような棚が設けられているのがわかるが、何が収納されているのかはわからない。工具とかビスの類いがあるのだとしても暗すぎて見えないし、手を闇の中へ突っ込んで探る気にもなれない。

携帯が鳴った。さらに奥の壁から突き出たドアノブを、握って回そうとした直後だった。

「オレだよ！」

自分自身の説明には、何もなっていないが、咄嗟にそう答えた。

「おお、お前か」

電話をかけてきた編集者宮田睦夫も、何も自分を説明しようとしてはいない。携帯に出る前から、誰からかわかっていたし。

「何の用か？」

訊いてみると、すぐに返答があった。

「いまお前何してる？」

すぐに返答するのが面倒で、思わず電線の上のカラスの群れでも見つめようとしたが、そこには黒い鳥はおろか何も留まってはいなかったのである。

「これから大森の大衆酒場に取材に行くんだが興味ないか？」

一ヶ月近く前に、飲み友達の光田新造から大森で人気の居酒屋「ヒロキ屋」についての情報を得たばかりだったが、その店の話題でない場合を想定して話題に出さなかった。

物置小屋の暗闇の中、携帯電話の放つ灯だけが、宇宙空間に漂う棺桶のように煌々と輝く。

携帯で通話していると、その相手が実在しない人物なような気がしてきて、本気で会話している自分がなんだか愚かしく思えてくるときがある。おもちゃのリカちゃん電話を大人が本気で使うみたいに、一方的な会話に適した返答をしてみると、向こうからはおおよそ妥当な受け答えは返ってくる。しかし、相手からは生きた人間からの反応は感じられなくなり始めている。こちらの口調にも、どこか離人症を感じさせる空虚さが言葉の端々に散見された。

「というわけで一時間後に現地で」

もはや会話とは言えぬ編集者との対話が、自分の中を内容を確認する余裕も与えず、滝の流れのように怒濤に過ぎ去っていった。

南へ向かうという使命はいつの間にか隅に追いやられ、何の疑問も持たざるを得ず、駅に直行するしかなかった。生活の為でもあり。確かにここから近い東急電鉄東急多摩川線の沼部駅も、ここからおよそ南に位置しているといえばそうなのだが……。

自宅アパートから駅までの道は、心地よい気候のせいもあり、柔らかい光に包まれていた。まるで清潔な包帯に巻き込まれたような、安堵の感覚。スルスルと包帯が駅に向かって、吸い込まれているようだった。どこからか軽やかなショパンのピアノ曲が聞こえてくるように気分良くて、暖かい人肌に包まれてふわふわと羊水の中に浮かんでいるようだ。煌めく金箔が風に乗って、空中に舞っているのが見えるようだ。

いつもは金の返済の都合に追われ、重々しい気分で毎日歩いていたはずの駅までの道程が、今日だけは特別に輝いて見えた。些か北朝鮮のパレードのような嘘くささも感じられなくもなかったが、頬に当たる空気の爽やかさだけは少なくとも本物であった。

目に見えないが、もしどこか近くでメリーゴーランドが白痴的に回転しているような風を感じたら、その心地よさを一度は疑うべきだ。どこからか大きなオルゴールが終わりなく鳴り響く、その反復は人間を機械じかけの奴隷にする。終わるはずのない音楽が止むときに、ひっそりと郷愁がやってくる。それは大きな悲しみを呼ぶことはないが、やがて訪れる大きな空疎な感情を、ゆっくりと目覚めさせるきっかけにはなり得るだろう。それが自死や殺人などのキナ臭い事件にまで発展しないという確証など、持たないとは誰にもいえないのではないだろうか。

そういった不信感が心のどこかにあったとしても、何の疑惑もないかのように、黙々と駅に向かって突き進むしかなかった。ひたすら特別な感情に流されない気持ちをキープしていたが、道すがら、やがて花の香りが鼻孔を刺激した。何の香りなのかわからないが、花の名前は出てこない。どこかの下品な公衆便所のキツい芳香剤の香りか。心地よさよりも、死臭を紛らわす葬儀場を思わせる匂いもする。黙々と歩行しながら左右の鼻の穴が、二つの微差の匂いをステレオで嗅ぎ分ける。右脳と左脳が別々に思考しているが、いまこうして語っているのが、どちらの脳なのかはわからない。普段から右の耳ではビル・エヴァンスを聴き、左の耳ではバッハを聴くというくらいの気分ではあるのだが。

ちょうど、耳鼻科のある角を曲がったところだった。

その先に平凡としか形容できない、大して面白みのない公園があった。誰も住んではいない古い家と家の間に隠れるようにある、とても暗い感じ。偶然通りかかって、ふとベンチに座りたいなどと、一切思わせない雰囲気。路上生活者に自由な空間を提供しないという強い意志が感じられるが、と同時に一般市民にもくつろぐ隙を与えない殺伐さ。

かつて公園は誰でも気軽に使える、憩いの場であったと記憶している。可愛らしい動物のキャラクターが滑り台や砂場に飾られ、綺麗な花や木がそこで精気を放っていた。

いまは違う。トイレットペーパーの交換が滞ったままの不浄な便所が悪臭を放ち、ゴミ箱が撤廃された結果、不法投棄のゴミだらけ。中には使用済みのタンポンやコンドームまで散見されている。古いエロ雑誌の破られたページが、風で命を与えられて、他のゴミクズや木の葉と共にチマチマと巻き散らかされる。

誰も集わない陰気な空気感。いつ誰がここで首を吊っても、近隣から苦情は出そうにない。実は未だ自殺者が出たという話は聞いたことがないけれど、いつかはきっと出るに決まっている。

それ以前にここで人が遊んでいるのを見た記憶がない。子供でも大人でも。

いま考えてみれば、前回昼に通りかかった際、並んだブランコが二つ、ちょうど前後に揺れているのが目に入った。思い出せば、周囲に人影は一切なかった。

冷や汗が頬を伝った頃には、もうすでに人気のない公園から結構遠ざかっていた。しかし緊迫状態は続いていた。もしかして、さっきも同じように二つのブランコは動いていたのかも。

気がつくと、公園の入口に引き返していた。

すぐさま、ブランコを直視する勇気はない。しかしそれ以前に静止しているブランコを、見たことがないのかもしれない。動かないニュートンの揺り籠というかカチカチ玉を見ても、何だか存在理由がパッとしないのと同じように、動いていないブランコは不自然であろう。以前、かつて違う公園の無人のブランコの前で、やたらと首を傾げている母と子を目撃したが、そのせいだったのかもしれない。

ブランコは動いていなかった。通常、物は勝手に動いたりしない。間違っていた認識がいっぺんに正しい方向に定まったようだった。その瞬間、陰気臭かった公園が、何者でもない正常な場所であるという気がしてきた。ただのつまらない公園。細部をチェックするように見つめたのだが、新たに陰気な発見はなかった。やはり役所から通達があって、多少手が入れられたのかもしれない。自殺をさせない公園作りのキャンペーンが、最近のいつぞや報道されていたのを思い出した。正直、そんな公園の近所には、誰もが住みたくはないに違いない。

ポルターガイストとドラマーの共演。皿や花瓶が宙を舞い、ドラムの連打が嵐を呼ぶ。残念ながら、それはいつぞやテレビで見たコントだったが、それが実際に心霊現象とフリージャズのセッションであったなら、さぞかし新たな次元の興奮をもたらしたことだろう。想像しただけでも興奮する。それにしても親切な心霊現象についての報告は、かつて一度もなかった。暑い夏に、冷えた飲み物がひとりでに置かれていたとか、本当に起こったとしても、それがあまりに親切過ぎて、誰も心霊現象だとは気づかない。幽霊が特に親切である必要はないけれど、せめて気が利いた応用ができないと、楽器との調和は期待できないであろう。

それにしても霊魂が亡霊として、そもそも現実世界に依存するという選択が可能なのであろうかという疑問を呈さずにはいられない。

自分が死ぬときは、可能であるなら、夕暮れの陽を見ながら旅立ちたいという気分を、こうして捨てきれずにいる。

生者から死者への緩慢な移行が望ましい。還暦を過ぎた辺りから、一途にそればかりを念じている毎日。残光が弱まり、茜や紫に身をくねらせた夕焼けも静まって、街の灯りが一つ二つとつき始める。夕暮れが闇に変わる瞬間を見逃すまいと決意して空を凝視しても、気がつくとすでに闇が視界のすべてを黒く塗り潰す。生と死の境など、本来はそのような緩やかなものに捉えるべきなのかもしれなかった。

このように人生から重要な要素を、早急に見出さねばならない場合、自分の死を素直な視点で見つめ直すのが大切である。それを何度も、痛感させられる毎日だ。

気がつけば今日は自分の誕生日だった。内面で、あのようにお告げめいた声が聞こえてきたのにも納得がいく。脳とダイレクトに接続された宇宙からの声にまっとうに従った、自分の行動力や判断力に揺るぎない確信を得た瞬間。この研ぎ澄まされ切ったシャープな感性を保っていれば、いざ空中の蚊や蠅を捕まえろと言われても、即座に実行できる自信がある。百獣の王であるライオンでも、即座に求められたところでそうは上手くいかないであろう。

そうなってくると、動物園に赴き、ライオンの檻に忍び込んで決闘という流れに自然となるのであるが、それは少し時期尚早である。けだものを素手でコテンパンにぶちのめす自信は大いにあっても、イメージする想像力が伴わないという問題があるからだ。

三年前、ギターさえ手にすれば、何者と戦っても勝てると豪語した若い男が、新宿歌舞伎町で暴力団の群れに飛び込んでそのまま殺された。彼の死を教訓として、決して忘れてはいけない。

前途あるミュージシャンの若者を、見殺しにしてしまった苦い経験。そんな過去もあったから、蚊や蠅を素手で捕まえても、絶対に殺したりはしない。捕まえても、即座に開放する。

私の故郷は新潟県の上越市板倉区の山野にあった。親族は戦前の地主で、一帯を治めていた。溜池を二つ持つ稲田は見渡すかぎりたわわに稔り、蔵が三つ。大黒柱は抱きつけないほどの太さで、仏間の格《ごう》天井には祖父が描いた絵が、専用美術館のようにたくさん飾られていた。

祖父は巻物になっている和紙に、特殊な自家製筆と墨を使って、頻繁に絵画を描いた。不自然な線は淘汰され、すぐに台無しになって紙がボロボロになってしまう。線を変えたり、消したりするのは不可能。直接的に自分のアイデアを反映させられるよう、独自の修練で対処しなければなるまい。見事完成した作品には、他のアーティスト作品である通常の絵画のような複雑さはないのだが、じっくり十分以上見つめていると、言葉では説明できない感慨に耽ることができる。絵画からインスパイアされて、また新たな他の作品を生むという連鎖こそが、非常に簡潔で類い稀な才能をグイグイと発展させていった。

実家を出てしばらくは近所を通りかかるのでさえ、禁じていたのだ。恥ずかしさという感情から避けていたというのもあるが、それはとある事情で知り合ったトバイアス星人からの忠告が反映された結果なのだが、彼らからの個人的で複雑な主張に関してはまた後述する。

常に視線は、田舎臭い過去ではなく、死をも含めた未来へ一直線に向けられていた。どんな生き様と死に様か。それぱっかり。毎分ごとに鮮明に思い浮かぶ、自身の死体。頭部を紛失した状態ばかりを連想する。単に自分の死に面が間抜け過ぎて見ていられない、事情もある。心ここにあらずといった恍惚を他人に見られるほど、見苦しいものはないのだから。

八十光年離れた美しい惑星に住むトバイアス星人に関しては、二つの異なった言説が取り沙汰されており、どちらか片方を信用するにも情報が乏しい。ある筋によれば地球と非常に似通った惑星で人類と酷似した文明を持つような説明をされていたが、最新のＳＮＳからの情報ではわれわれ地球人とは真逆といえるほど、反対の存在であるらしい。こればかりは両方の間を取るわけにはいかない。実際に彼らの一人と直接コンタクトを取ったというある人物は、宇宙の知的生命体誕生の謎を解明するために必要不可欠なブレスレットを手渡されたので狂喜したが、調べてみれば実際には近所の雑貨店で購入された平凡な品であるのが判明し、落胆した。とある霊感の強い白髪の女性は、夢の中で彼らの一人の表情を夢想してスケッチに起こすのに成功した。しかし、メディアで公開したところ、これは実在する著名な女歌手の肖像画を盗用したのではないかという疑いで話題になった。高齢ではあるが、当の女性歌手が不満を表明し弁護士を通じて告訴する問題へと発展した。

七年前に画家の祖父が亡くなり、農地解放を経て、後を継ぐ人がいなくなった。叔父から受け継いだ近隣の人が毎年雪囲いに、雪降ろしの面倒を見ていたが、家族も私一人になって、ついにとり壊すことになった。

山林などはいっそ思い切って公共機関に寄付しようとしたが、そうするのにも金が必要で、私は東京でライターの仕事をしているので、諦めざるを得なかった。やがて面倒を見てくれた隣の人から「今年で最後だから見に来て下さい」といわれ、秋、叔父の植えた三十本の桜の下の古い家に別れを告げ、蔦のからまる蔵や、信越国境の山々につながる稲田を見納めた。

こうやって一軒ずつかつての家が失われていく。隣家に田んぼなどはみな譲り、きれいさっぱり、私の故郷は失われてしまった。叔父がアトリエにしていた蔵の二階の本棚から岩波文庫版の『白鯨』全三巻だけを引き抜いた。

上越新幹線の上越妙高駅から車で、山岳方向へ二十分ほど。冬場はまさに豪雪地帯。三〜四メートルの積雪に電線も埋もれ、二階から出入りする。便利になったが、雪という自然には絶対に勝てないし、更地になった故郷を五分以上見たくはない。「跡地にぶどうを勝手に植えました」という知らせと共に、本年も新年早々美味しそうな新米が送られてきたのだった。

私自身は、はっきりと姿を現すことのないトバイアス星人たちに対し、それ以上の挑戦を常に試みている自信を持っている。それに彼らを意識して行動するのが、何よりもの挑戦状だと考えているのだ。

そこまでボンヤリ考えながら歩行してるうちに、東急電鉄東急多摩川線の沼部駅周辺とは何の関係もない、どこだか判別のつかない不自然な土地に来てしまっていた。このままでは担当編集者との約束時間に間に合わない。夢に登場するほど奇異ではないが、どこかを思い浮かべようとすれば不意に出てくる住宅地の光景。点在する農地だけは、過剰に荒廃気味であるものの、通行人の姿も通行車両も一切見えないのだ。現在位置を尋ねられる人間もいない。明確に住所が記載された標識も立っていない。こうして述懐している分には住所を調べる余裕も、普段ならモバイルなどから調べられるのであろうが、そのときにはただただ不安な状況にうろたえるだけで、特に何の行動にも移せないのである。風景はあるものの、視界を遮られ、疑問を呈する口も塞がれ、身体を拘束されているのと同じだ。

そんな土地に行ってしまった人間はどうなる。誰にもわからない。

コンクリート片の隙間から部分的に挟まれた毛布や絨毯の切れ端が、日常の断面として姿を晒す。われわれが気が付かぬうちに、世界がすでに終末を迎えてしまっている証拠になり得ている。ジリジリと点在する燃えカスの熱を吸収した瓦礫が温存された熱により、思考がボンヤリし始めるのを止める術《すべ》はない。

見覚えのあるはずの住居近隣の風景と、化学兵器によって破壊された現実との断面に接点を見出そうと努力するだけで、思考は精一杯だった。

ただならぬ戦火の輝きの中で、人生の終幕の背後にある闇が徐々に迫ってくる恐怖に身震いしないわけはなかった。体力も、このたった数分でみるみるうちに減少したのが実感できた。こんなときは絶対に徹夜ができなくなるのと、顕著に酒が飲めなくなるのは避けられない。所持金が現金でいくらあるのかも気になり始めた。以前の体力が十分ある頃なら働けば入る可能性があるのだが、歳を取れば働く場所も少なくなる。これでは視界を遮られ、疑問を呈する口も塞がれ、身体を拘束されているのと一緒であり、限られた選択肢の中から本当にやるべきことを見出す。回避できない義務のあるものは、もちろん仕事。家事もボランティア活動も含めて、すべてがなんとしてでもやるべき仕事なのだ。

それでもいつ死ぬのか、わからない。いま崩れ落ちた瓦礫に押しつぶされて死ぬのかもしれない。けれども、名も知らぬ他人に葬式費用を捻出させるのは拙《まず》いから、最低でも葬儀代くらいの金は残しておきたい。子供などはいないから、用途不明の分は特に残す必要もない。もし万が一、知らぬ間にできた子供が発覚したとしても、自分さえ養えないほどの金しかない。遺産などというものなど、あれば必ず醜い争いが起きる。それはどんなに仲の良い兄弟であったとしても、絶対に金が仲違いの原因となって、自死や殺人などのキナ臭い事件にまで発展しないという確証など、誰にも持てないとはいえない。一円も残さず、寄付する施設のリストはすでに入手しているし、大量の紙幣を焼く灯油とライターもすでに入手はしてはいた。ちゃんとした遺言も残さず、飛ぶ鳥跡を濁さずに旅立っていく。

最後の最後までポジティブに生きて、あの世に笑顔で走って去《い》くつもりだった。一ときだけ勤めた経験はあるが、われわれ著述家の収入など微々たるもの。いま居住しているアパートは仮の姿であり、実際には都内にどれも小規模ではあるがいくつかのマンションの部屋を持っている。決して売らずに他人に貸している。どれも場所は都心なので、多少は古くても家賃収入は正直悪くはない。そこから得た収入は、体調不良で寝込んでいても、金は入ってくるので安泰。現在、何があっても最低限食べてはいける、数少ない恵まれた身分ではある。アパートは全体を所有している物件であり、鎌倉や軽井沢に暖炉がある山荘も所有している。いざとなれば、そこに引きこもる準備もある。家にはちょっとした舞台もあり、いつでも自作の戯曲（シェイクスピア『マクベス』を自己流に翻案したもの）を芝居化し、近所の施設の老人たちを使えば上演だって可能だ。老人の中には、身元調査をしなければ、正確な年齢を明かされることのない若々しい風貌の者も意外に多い。知人の山田トメも、そういった老人の一人である。戦前によく聞いたような古めかしい名前だけを知れば、いますぐ要介護であるのは誰でも察しがつくが、見た目から噴出する若々しさには皆騙される。彼女は例えばカメレオンのように、近くにいる人間の年齢に同化するといっても過言ではない特殊な芸当を持っていた。それに俗に言う「素敵に年齢を重ねる」だとか「歳を取って素敵になる」といった戯言《ざれごと》が、彼女の場合には決してファンタジーではなかった。誰しもがそうでありたいという願望があり、肉体的な話にすれば、絶対にありえない。だが、精神的には可能であろう。この山田トメに出会ったとき、それを確信したのだ。彼女の実年齢は百四十七歳であるらしいが、ハキハキとした受け答えからは少なくとも百歳以上には見えない。そんな明るさや健康状態の持ち主であるにもかかわらず、二度の大戦を経た人生は、想像を絶するような過酷さであったに違いない。目の前で何人もの人間が殺され、餓死し、燃える瓦礫の下敷きになった。大きなトラックもよく突然横転して、通学中の小学生が下敷きになった。続いて刃物を手にした狂人が飛び出してきて、通り魔的犯行で何人もの通行人を刺した。これも一度や二度の話ではなかった。続いてジャンボジェット機も何度も墜落した。まだ飛行機の安全が確保されていなかった時代である。この頃は一般人だけに留まらず、著名な歌手など多くの芸能人も亡くなった。墜落して助かった人員も、野に放たれた獣に食われたり、原住民に襲われたりしたが、中には勇敢かつ好戦的な人間もおり、そこでも過酷な闘いが勃発。原住民を交えて数多くの人々（中には明らかに戦意のない優しい者たちもいた）が亡くなったのである。山田トメは涙ながらにその惨事を祀った峠の上の墓に訪れ、手を合わせ、みずから持ち寄った大きなオニギリをお供えした……話は大幅にずれた印象があるので元に戻すと、二度の大戦は人間の野蛮さを印象づけるに十分なものであった。何しろ、彼女の目の前で何人もの人間が非国民呼ばわりされ、刀で切り殺され、腹切りを強要され、無縁仏として葬られた。死んだ人々にしてみれば、何と無念であったことだろう。無実の罪で殺された人々の念を感じれば、その悔しさは何物にも代えられない。だが、人間の残酷さ、愚かさはこれだけに留まらなかった。野鳥も歩行者の眼球を予告なく狂ったように突いた。不意に失明した。歩行者だけでなく時折、運転中の大型トラック運転手の眼も襲い、それが横転し、通学中の小学生の群れに突っ込んだ。続けて並びのゲームセンターにも突っ込んだ。高得点を出し続けていたプレイヤーたちが大勢死んだ。最終的には近くのガソリンスタンドも、その影響で大爆発したし、近くを通りかかった猟銃を持った一団も便乗し、無闇矢鱈に生者に向けて一斉射撃を開始したのだ。そんな一連の悲劇を特に知ることなく山田トメは生涯を終えた。すべてを慰霊する墓があったわけでもないし、すべての死を把握することなく天に召された。

しかし、わざわざ外へ赴かなければ、こういった過酷な時代の醍醐味を知ることなどできはしないのではないだろうか。このような人生の過酷な状況に出会わなければ、実際は若々しい山田トメの生涯も、視界を遮られ、疑問を呈する口も塞がれ、身体を拘束されているのと所詮は同じような無味乾燥なものではなかったか。そう考える他に、多くの死に様を癒やすことなど不可能に近かった。死によって、生きるものは確定された存在から解放される。そこにあるのはすべての束縛から解放された自由に他ならない。税金などという、権力に奉仕するだけの忌まわしい請求から、真っ先に解放される幸福。そんなもの、まったくの無価値。

どこか駅に向かっての彷徨《さまよ》いは、いつになったら終了するのだろうか。こういう状況下ではとにかく自分を律するよう心がけるに徹する。自立すると言い換えるべきか、他人を当てにせず、自分だけで判断し、行動するのである。定年も近くなり、こうして人生を振り返ると、大学を卒業して以来続いている現在の仕事が、自分の像をきちんと支え続けるキッカケとなっている自覚がある。これで精神状態をキープし、学生時代を通じて病弱だった身体も支えられた。

それを戒めるかのように、空全体が巨大なスピーカーとなって、音声が上から降ってくる。それでいて内部に直接繋げられたように、身体全身から響いて聞こえてくるのは何故なのか。その響きによって、目の前にある「榊原」という表札が掲げられた家の庭にあると思われる鶏小屋から、鶏たちの群れが騒がしくしているのがハッキリと聞こえる。

しかし、一向に具体的内容は伝わってこない。夢で渡された書類には文字が書いてあるが、懸命に読解しようとしても出鱈目しか書いてはいないのと同じことが、ここ現実でも起こっていたのだ。指定の帯域が聞こえにくくなる、特殊なフィルターがかかっているせいなのか。

特に照明でスポットが当てられているわけでもないのに「榊原」の家を、わざわざ訪ねなければならないように感じていた。介護などは必要としているのではなく、いま他者による介在を必要としている。他人によって、自分のいる位置が指し示されるというか……

それ以外にさしたる用事もないのに、突然の不審な訪問者がやってくるのに相応《ふさわ》しく正当な用件を、考えださねばなるまい。それらしい服装でもないのに「ガスの検針」だとかでは確実にマズいのだ。

しかし、頭に思い浮かぶのは、実録で読んだボストンの連続絞殺魔のものとか、明らかに不審かつ怪しい犯罪者たちの常套句ばかり。それらの真逆のものが一番もっともらしい……というのは頭ではわかっていても、実際にその逆の行動など、何も浮かんではこなかった。ドアベルのスイッチにかけた手を、引っ込めるより他はなかった。現住所を知るための標識などを置かない、人が持つべき良心の一片もない非情な土地で、進むべき方向を提示してくる意向など誰も持ち合わせてはいない。

そうこう考えているうちに、天罰としか説明のしようのない雷がどこかに落ちたような音がして、精神と身体が引き裂かれるような悲惨な激痛が襲い、テレビの電源が急に落ちたように不覚にも気を失ったのだった。一瞬だけ砂嵐が映って、あとは真っ黒。

可能性の限界というものは、透明の容器のようなものならまだしも、不可能が可視化されない限り、永遠なる膨大な拡張性を秘めているような錯覚を覚えさせる。名も知らぬ星を、スッと手で摑みとれるような自由。だが、安易に摑みとった星など、何の自由も与えてくれない。

私は嵐が荒れ狂う外の模様を、ただ一人、居間で脚を伸ばせる長椅子から眺めている。小さな目と目の間には、滑稽なまでに三角形な形をした鼻があって、それを大胆に突き出して、第三の視線を放っている。自分の荒い息が蒸気となって、天井に立ち上っていくのが見える。

白で塗りつぶされた木造の平屋にコの字で囲われた庭を眺めていれば、想像できる限りの壮大な世界が見渡せた気分になれる。落ちてる小石たちが単なる星で、土が宇宙空間。時折咲いている花が、われわれが住んでいる地球のような生命体の惑星に思えてならない。

いつかはもっと精巧なミニチュアにとって替わる予定ではあっても、その費用がなかなか用意できないでいる。天空の闇に浮かぶ白いシミではなく、目の前の本物の宇宙の広大さを感じることがまだできないでいる不自由さに、まざまざと胸を締め付けられている。想像の自由ですら奪おうとする忌まわしい権力の横暴さの、金銭に対する貪欲な執着が細部にわたって猛威を奮っている。もはや、そうとしか思えないし、すべてを討ち滅ばさない限り、正常な生活を望むことはできない。金をかけて提示された嘘でしかリアリティを感じられない貧困さ。

締め切られた玄関前の門を何度も開けようとし、呼び鈴のボタンを繰り返し押す人間が外にいるのがわかる。彼の願いは、単に門を開けてもらい家の中に招き入れられることなのか、常人にはあり得ないような必死である様子だけが窺える。言葉では信用できない。

といっても、それを書き連ねたボードを用意されて掲げられても、それはそれで余計に信用は決してできない。

そうやって私は他人の人生には、決して干渉せず、宇宙の星たちにささやかな願いを込めて毎日を過ごす。しかし、こんな安らかな状況が、どれだけの期間続くというのだろうか。

親類などが近隣に皆無なため、実在の他者と向き合う機会が限定されてはいるものの、食べすぎや飲みすぎに十分気をつけて生きるのは困難なこと。個人の権力や財産とはひたすら無縁に広がっていく宇宙に思いを馳せ、新たな価値基準への模索に絶えず信号を発し続ける。いまだに返答はないものの、永遠に続くと思われる沈黙への交信だけは延々と続くのだ。

残された時間がどれだけあるのか、私にはわからない。但し、逆算してどれだけのことをすべきなのか、なんとかして割り出すことはできる。それだけが、いままでの経験からの感覚的な逆算だけが私にとっての、唯一の武器ともいえた。そう考えた際に、結婚や出産、育児や家事など、女性は仕事と家庭との板挟みになってしまうことが多いものだが、キャリアプランを考えるときも、自分が将来結婚を考えているかどうかで、その計画の立て方も大きく変わってくるのだ。男性の場合と比較すると、男性はたとえ結婚したとしてもキャリアを積み重ねることだけに集中することができるが、女性の場合は結婚か仕事かでまず悩まなければならない。つまり、それだけキャリアの将来像を想定することが難しい。将来自分が結婚しているかどうかということを見極めるのはとても困難。だからこそ、まずは将来から逆算して考えて行くことでよりキャリアプランを立てやすくなる。たとえば、まず十年程後の自分がどんな見窄《みすぼ》らしい姿かを想像してみる。十年後の自分がバリバリ働いていると想像したとする。すると五年後にはこうしていなければならない、三年後にはこうしていなければならないというように、遠い将来のことを考えることによって、近い未来の行動もおのずと決まってくるのではないか。遠い先のことを的確に予言することによって、いまやるべき目標がはっきりとしてくる。漠然とした将来のことを考えるよりも、いま早急にやるべきことが分かった方が、行動も機敏になり、感情に抑制も利くようになって迷いも間違いも少なくなる。そうすると、自分のキャリアプランにもおのずと具体性が出てくるもので、何をどのようにすべきなのかという行動の指針もはっきりとしてくるようになるだろう。女性のキャリアプランは男性と違って一筋縄ではいかない。男女共同参画社会とは言われるが、男性は仕事で成功すること、女性は出産して家庭を守ることが最大の喜びであるという風潮はなかなか消えることはない。つまり、男性は仕事のことだけを考えて打ち込めば良いのに対し、女性は仕事に打ち込みつつ、うまい頃合いを見て結婚や出産を考えなければいけないという難しさがある。例えば妊娠はせずにとりあえず三十歳までは仕事に打ち込むと決めたとしても、不本意に何人もの妊娠を抱え込んで出産してしまう可能性が誰しもないとはいえないだろうし、逆に大いに妊娠したいと思っても、自分一人だけではしょっちゅうAVばかり観てしまって、成しえることではないからタイミングが難しくなる。なのでキャリアプランを考える際は一つの方法ではなく、色々な場面に応じた道を頭の中に用意しておく必要がある。幸いにも育児休暇に対する理解が、何となく広まりつつある世の中なので、育児休暇の後に復職したとしても以前と何ら評価の変動なく仕事を再開できる。つまり出産という最大の喜びを経験しつつ、また仕事に打ち込むことは必ずしも不可能ではないということ。逆に、現在の職場に何らかの不満がある場合は、出産を機に退職し別の場所で仕事を再開するという道もある。出産を機にした退職はある意味仕方のないことなので転職先の面接時にもマイナスのイメージを与えることはない。出産後すぐに復帰するのも良いが、子どもがある程度成長して反抗期に至るまでのあまり手がかからなくなった時期を見計らって本格的に社会復帰することも一つの考え。結婚や出産、育児や家事など、女性は仕事と家庭との板挟みになってしまうことが多いもの。キャリアプランを考えるときも、自分が将来結婚を考えているかどうかでその立て方も大きく変わってくる。男性の場合と比較すると、男性はたとえ結婚したとしてもキャリアを積み重ねることだけに集中することができるが、女性の場合は結婚か仕事かでまず悩まなければならない。つまり、それだけキャリアの将来像を想定することが難しいということ。将来自分が結婚しているかどうかということを見極めるのはとても困難。

だからこそ、まずは将来からどんどん逆算して考えて行くことでよりキャリアプランを立てやすくなる。たとえば、まず十年ほど後の自分がどんな姿かを慎重に想像してみよう。十年後の自分がバリバリ働いていると想像したとする。すると五年後にはこうしていなければならない、三年後にはこうしていなければならないというように、遠い将来のことを考えることによって、近い未来の行動もおのずと決まってくる。遠い先のことを考えることによって、今の目標がはっきりとしてくる。漠然とした将来のことを考えるよりも、今すぐにやるべきことが分かった方が、行動も機敏になり、金遣いに迷いもなくなって余計な小物ばかり増える。そうすると、自分のキャリアプランにもおのずと具体性が出てくるもので、何をどのようにすべきなのかという行動の指針もはっきりとしてくるようになる。将来への願望は、個々人で違うのが普通。また現在置かれている環境も、たとえお隣さんや同僚であっても普通と違うのが普通といえる。だからこそ、人生設計は「自分はどうしたいのか」を考える必要があり、それを一生涯のスパンで考えることが極めて大切。いままで、ひたすら親や周囲に合わせてきた方には、早速の難題かもしれない。しかし、人生設計には「自分の意志や考え」が必要。ぜひ人生設計を通して、自立心も養っていこう。次に、先ほど決めた「将来どうしたいのか」という理想を叶えるために必要な「お金」を考える。たとえば「子供を大学に通わせたい」が目標なら、最近の大学費用平均が「一人約七百万円」。こういった数字は調べれば出てくるから、ひとまず相場を調べよう。なお、中には「本当にいくらかかるか分からない」ものもあれば、「将来的には値上がりするかもしれない」ような目標もある。このような目標の時には、それぞれ「ひとまずの予算を見積もる」「多めに見積もる」という対処が必要。いずれにしても、何をするにしても「お金」がどうしても必要になる。このため理想とする未来を、一つずつお金という数字に落とし込んでみることが大切。こうやって、一つずつの目標を「具体化」していく。当然ながら、理想が大きいほどに多額のお金が必要。しかし一方、「理想なんてない」「普通でいい」という方であっても、「普通に実行するにはいくら必要か?」を考える必要がある。理想が小さいほどに少額のお金で足りるものでもない点に、日頃から目立たない武装などしての強い警戒が必要。それこそ、「普通に暮らすには老後資金として二千万円必要」などと国が発表したわけ。「自分の場合にはいくらが必要か」を、目標とともに存分に計算してみよう。今度は、「今のままで必要な貯蓄はできるのか」を逆算する。これは先ほどのお金と、「そのお金が必要になる時期」で計算が可能だ。たとえば「六十歳までに老後資金二千万円」なら、あなたが四十歳なら年百万円、五十歳なら年三百万円貯蓄できれば達成できる。仮にあなたが現在四十歳で、実際に毎年百万円を貯蓄できているなら、少なくともこのままいけば老後資金は大丈夫となるわけだ。しかし、いつ死が訪れても何らおかしくない……実際には五十万円程度しか貯蓄できていないとすれば、少なくともこのままでは達成できない、ということになる。実際の人生では何が起こるか分からないとはいえ、「何が」の多くは「マイナス的なこと」。だからこそ、気持ち厳しめに逆算することも大切といえる。少なくともこのままでは達成できないなら、人から奪ってでもできるようになる魔術のような方法を考えることが必要。できないなら仕方ない……のなら、計画の意味がない。強引に奪わなくても、結果論としてできたとしても、それは単なるラッキーに過ぎない。運に任せた人生は極めてリスキーで、後々つじつまが合わないことになって代償を払うはめに。百万円の貯蓄が必要なのに五十万円足りないなら、五十万円分の強奪に工夫や努力が必要。警官に指摘されないような軽装の武装。それらの経費が月単位に直せば十四万円程度。「どうやったら武器を無理なく調達できるようになるか」を存分に慎重に考えよう。最後は、武器の数だけ生涯の全てについてシミュレーションする。でないと全ての目標が、あなたの人生に避けがたい不幸として降りかかってくるから。目標が多いほどに計算が複雑になり、必要なお金が多いほどに対処方法を考えるのが大変になって頭が混乱する。でも、冷静になって懸命にがんばろう。ペットなどの小動物には決して当たるな。小規模だが葬式代が無駄にかかる。例を挙げると、四十歳の方が七百万円の教育費と二千万円の老後資金を目標とした。教育費が十年後に必要なら年七十万円の貯蓄が必要。すると、老後資金の年百万円と合わせて年百七十万円の貯蓄ができているかどうかが、一つの分かれ道となる。まったく足りていないなら、人から奪うなりなんなり足りるだけの方法を考えることが必要だ。他にも目標があるなら、もっとお金が必要になる。なんとしてでも金を必要としている。つい甘めに計算する人も多いが、むしろなるべく厳しめに計算して、人から殴って奪ってでも金が必要。人からの入金が無理なら、身近なペットからの小動物などから剝いだ毛皮を売却。

そのような細かいことを、人生設計に困難を覚える人々に向けて示唆する文章の概要をいろいろ考えているうちに、やがて玄関の外からの音がしなくなったのに気がついたのだった。予期せぬ訪問者は、疲れ切って帰路についたようだった。そんな忌まわしい音の記憶をかき消すかのような、かさついた雨音がしてきた。

確かに、夜の雨を予感させる気温であった。

しかし、いまこうして降ってきたせいで、そういう風に予期していたように思っているだけなのかもしれなかった。

締め切りが差し迫っている。

だから、すべてを整理しなければなるまい。

私の母は常日頃、自分の母の生き様を参考にしていた。服装にしても、口調にしても、食事にしても、思想にしても、所詮何もかもがコピー。だから、当然彼女が死ぬのも祖母の命日になるだろうと想定していた。

母より先に私のほうに早く死がやってきても、何もおかしくはない。だからということもあって、最近では日頃から文章を書く仕事に専念している。他のあまった時間は歌や踊りやタバコを吸うなどに向けている。五十歳を節目に、頻繁とは言い難かった歌を、どうしても歌いたくなったのだ。この文章を読んでいる読者に、私の歌を聴いたことのあるものは恐らくいない。退屈な文章だけ。それだけ私は自分の歌を生きがいにしていて、安易なキッカケで人前で歌を披露するなんて機会は滅多にないということだ。自己流にやるからといって、誰かを気にかける必要もない。優秀な先生を必死で探して、同じ町に住む、かつて都内の音大で教えていたという山崎先生を訪ねた。そういう著名で特別な先生に習って、何も勿体ぶっているわけではない。のど自慢などの審査員などの耳にたまたま入って、彼らがどう感じるかなどと考えたこともない。父も兄も鬼籍に入ったが、特に彼らに歌を聴かせなかったことを、一切悔いていない。その代わりに私が長年かかって集めた蒐集品などを、焼く際にそっと棺桶に入れた。それらが遺体と一緒になって燃えて、煙突から妙な煙と臭いを放つ。それ以外にも、何の施設だか調べないとわからない建物に、そっと蒐集品を寄付することもある。それらはふとした隙に戻ってくることが多いけれど、勿体ぶったことはあえてせずにグッズは放出。歌は聴かせなくても、父や兄にも蒐集品の一部は、ちゃんとあげたつもりだったが、彼らは残念ながら若くして亡くなった。飼っていたどの小動物よりも、早く死んだ印象が強い。「すぐに死にそうにない元気な名前をしていたのにね」と母が葬式の度に嘆いていたのを思い出す。葬儀が終わって実家の近くの小川を見つめながら、母と私の二人が、ボンヤリと夜空の星の灯りに照らされて佇む。と同時にワンワンニャンニャンと犬猫の鳴き声が聴こえるが具体性を感じず、きっと亡くなった者たちなのだろうと、恐怖も特に感じることなく和やかに感じる。彼らはか弱い小動物ながらも、そのとき弱いパワーで私に何らかのメッセージを送っていたのだと思う。きらきらした細雪《ささめゆき》のように、手でつかもうとすると、ちらちらと手のひらで消えてしまうような。さらに華奢な蝶々が、お花畑の周りを一匹だけゆらゆらと浮遊していた。青色の羽で懸命に飛んでいる。すでにそのとき私は五十歳を超えていたのだが、自分の青春時代にふと戻ったようだった。手にしている気分の古い文庫本は、埃を被ったゲーテの詩集。いまでこそ一句たりとも思い出せないほどに不覚にも忘却してしまっていたが、若い頃はページが擦り切れる程に愛読した。何だか喉から出てきそうなもどかしい気持ちだけはあった。でも、具体的には何も出てこない。小川の流れが、忘却を激しいものへと誘っているのか。次の瞬間、時折夜汽車がやってくるトンネルから、バットを握った一団がやってきたので、その恐怖によってゲーテに対する憧憬は一瞬で消え去ってしまっていた。

程なくして身近に寄ってきた十人くらいの若い男らに金属バットで殴られ、現金三万円が入ったリュックサックや携帯電話を奪われた。警視庁によると、鼻の骨を折るなど全治一ヶ月の重傷。男らは車で連れ去ろうとしたが、抵抗したため逃走した。警視庁は、強盗傷害事件として逃げた男らの行方《ゆくえ》を追っている。

げにも女々しき名人芸

さっきまで手で摑めるような位置にあったオバサンの顔が、固定された同じ表情のまま遠ざかっていく。

まるで空中にフラフラと浮遊する生首のように気儘だ。彼女の頭部には何の用事もないのだから、去ってしまっても構わない。温泉地の射的の景品のように、鉄砲で撃ちたくなる気もしないではない。風に乗って飛んでいく写真みたいだった。

路上の石ころと区別がつかなくなるまで、その首を見つめていたが、やがて意識からも消失した。

冷静になってみれば、首は遠ざかったんじゃない。虫みたいに小さくなっただけだ。

虫と何の違いもない身近な存在となったオバサンの首は、とっくに身体から独立して、何の断りもなく人間の体内に侵入しても、もはや何ら文句を受け入れない。ツマミの柿ピーに混入しても、酒の力も手伝って、無意識のままにそれを飲み込んでしまう。

そのせいで強烈な不快感に襲われ、気分が悪くなる。

死ぬっていうのはそういうことだ。自分の意志とは関係なく、不快なものと混ぜられて、自分なんて存在なんか、どうでもよくなる。一番嫌いなものと、一緒になって、同化する。気がつかない内にそうさせられるのかもしれない。確かに死んでいるのだから、同化が進行しているという意識すらない。

咄嗟に「この場から至急に離れよ」という内なる声が聞こえた。私は必死に走った。如何なる風景の変化があったのか記憶にないが、場所は突然駅前の商店街のような、特に人通りが多いわけでもないが寂しくは感じない場所に出ていた。先程、オバサンと遭遇した所は、意外に結構市街地から離れていたように思っていたのだが。

どれも似たようなタバコ屋の前を、三度程通り過ぎる。タバコを吸う習慣はなく、売り場に立つ人間と接触した経験はなく。だが、一度くらい、ガムや飴を買うついでに、道を訊いておけばよかった。見知らぬ土地とはいえ、段々と繁華街へと続く雰囲気に従って進めばいい、という確信だけはあった。あといかにも駅に向かいそうな、忙しそうなサラリーマンを尾行するだとか。野菜とか新聞を満載したトラックを追うのもいい。

明るさからいっていまは昼間で、市バスなどが通るような光景を黙って見ている間には気がついていなかったのだが、実際には現在自分が立っている位置から、いささかも移動できないでいる自分に驚いたのだ。

私は動けない。誰かが忘れて置いていった銅像のように、人が通る路上に無責任に佇んでいた。

動けないとはどういう状態なのか、いままで一度も考えた経験のなかった自分を悔いた。そのような状態を想像できたならば、嵐のように過ぎ去るはずの停止状態を、余裕を持って対処できたはずなのに。

ちょうどスーパーの前だった。鮮魚のサービスタイム。どうやら、いまは蟹がお買い得らしい……危機的状況のパニックの渦中、そればかりが気になって仕方がなかった。海の世界には、およそ五千種類ものカニが生息していると言われている。日本国内に限っても千種類以上が生息しているが、食用にされる蟹は残念ながらほんの僅かに過ぎない。更にその中でも、全国的な市場に出回っているのは、お馴染みのズワイガニ、タラバガニ、ケガニの三種類だけだ。高級食材の蟹の代名詞といえば、やはり上記三種類が筆頭に挙げられる。寒い冬の時期に旬を迎え、引き締まったプリプリの身が恋しくなってくる。

ちなみに「カニの帝王」とも呼ばれるタラバガニは、実際にはカニではなく、ヤドカリの仲間。その証拠として、通常カニは脚が十本だが、タラバガニは八本しかない。全身が短いトゲで不気味に覆われてあり、可愛げといえばいささか抵抗を覚える愚鈍な丸みがある五角形の甲羅と太い脚が特徴。比較的大型になる品種であり、大きな個体では脚を広げると一メートルを超すこともあり、大きな物体に恐怖を感じてヒステリー状態に陥ってしまう子供には要注意。重さは一〜二キログラムが平均で、なかには三キログラムを超える重量級も存在し、大きさゆえに威圧感が目立つのだ。タラバガニは、北太平洋や北極海のアラスカ沿岸、南米周辺などに広く生息している。日本では太平洋側の深海域にも生息しているが、漁獲量のほとんどが北海道近海。息域がタラの漁場と重なっているため、「鱈場ガニ＝タラバガニ」と怪獣のような扱いをされたと言われている。

タラバガニと漁師の生死をかけた死闘については、昔からよく報告されている。海の側を通行中の車の窓から目撃したというドライバーの報告例など、戦後から度々新聞記事で見かける。実際には、肉食の蟹は闘いに負けた人間を丸ごと食してしまうので、なかなか実態が把握し難いのが現状であるのだが、研究を求める声は後を絶たない。

通常は水深三〇〜三六〇メートルの海域で暮らしているが、水温が低い海域では浅場に棲む傾向が強い。国内での漁獲量は激減しており、現在流通しているタラバガニの九割以上が、ロシアから輸入されたもの。また資源確保のため、国内ではメスの漁獲は禁止されている。

タラバガニの漁期は毎年一〜五月と九〜十月に限定されている。オホーツク海の流氷が消える、春先の四〜五月が旬で、この時期は甘みが増す。

身入りが良くなるのは冬期の十一〜三月で、ボリュームを満喫するのであれば、この時期がおすすめ。あっさり薄味で、いかにも上流社会御用達の飲食店で好まれそうな上品な味わいが特徴であり、蟹鍋や塩茹でで食べると堪らない絶品。しかし残念なことに、カニミソは油っぽいため、食用に向いていない。高価なタラバガニを気軽に味わってみたい人には、「お試しタラバ」を強く推薦。一肩約八〇〇グラムで一〜二名で食べきれるサイズなので、初めてタラバガニを賞味する人でも安心。

獲れたての天然タラバガニを、船上で殺してから急速冷凍しているので鮮度は抜群。しかも、味にうるさい専門家が、特別に最高品質極太サイズを時間をかけてセレクト。

それらの多くがすでにボイル済みなので、面倒な調理の必要がなく、解凍後すぐさまに食べることができる。

旨みの凝縮した味わいが誰でも楽しめる、まさに優れた逸品。

「冬の味覚・カニ」と聞いて、真っ先に挙げられるのがズワイガニ。奴隷のような不気味なまでにすらっとした長い脚が特徴で、その様子が墓地の脇に立つ木の枝に似ていることから、「楚《すわえ》カニ＝ズワイガニ」とよばれたことが名前の由来だ。英語では「Dark of Queen crab（闇の女王のカニ）」、「Black Snow crab（黒い雪のカニ）」と不吉な名称で呼ばれている。ちなみにズワイガニと漁師の生死をかけた死闘を通行中の車の窓から目撃したというドライバーの報告例など、戦後から度々新聞記事で見かける。実際には、肉食の蟹は闘いに負けた人間を丸ごと食してしまうので、なかなか実態が把握し難いのが現状であるのだが、研究を求める声は後を絶たない。

国内では産地によってブランド名があり、福井県で水揚げされた種類は「越前ガニ」、山陰地方で獲れた種類は「松葉ガニ」となる。

水温が低い海の水深二〇〇～六〇〇メートルの深海に生息しており、日本では山口県以北の日本海、オホーツク海での水揚量が多くなっている。

食用として流通しているものはオスで、大きな個体では全長七〇センチメートルほどにもなる。

それに対して「セコガニ」とよばれるメスは、オスの半分程度の大きさしかない。

しかし、セコガニと漁師の生死をかけた死闘については、昔から度々報告されている。海の側を通行中の車の窓から目撃したというドライバーの報告例など、戦後から新聞報道で見かける。実際には、肉食の蟹は闘いに負けた人間を丸ごと食してしまうので、なかなか実態が把握し難いのが現状であるのだが、研究を求める声は後を絶たない。

本種である「ホンズワイガニ」の亜種に「ベニズワイガニ」が存在し、闇に潜む悪徳業者の間では比較的高価で取引されているようだ。

ズワイガニの甲羅には、気味の悪い黒くて丸いイボみたいなものが沢山付いていることがある。

実はこの物体は「カニビル」というヒルの卵。カニビルは本来、カレイやヒラメなどの海底に棲む魚の血を吸って生きている。

しかし、カレイの棲んでいる砂地には、産卵に適した岩場がない。そこでカニの甲羅に卵を産み付ける。しかし、カニの甲羅を利用するだけであって、カニや人間の血を吸うことはないのでご安心あれ。

幸運なことに、このカニビルが、美味しいズワイガニを見分けるバロメーターだとも言われている。ヒルに卵を産み付けられるのは脱皮から時間が経っている証拠であり、身が多い個体だと識別されている。市場に並ぶ時には、卵は空になっているのでよかった。

ズワイガニの漁期は十一～五月頃であり、冬の時期に旬を迎える。身がしっかりしており、甘み・旨味が強いので、刺身、すし、カニしゃぶなどあらゆる調理法で味わうことができる。

カニミソも非常に濃厚で、実に美味しい。

メス（セコガニ）は資源保護のため、漁期の二ヶ月ほどしか捕獲できないが、外子（卵）と内子（卵巣）の味は、まさに絶品。

身もカニミソも美味しく食べることができるズワイガニだからこそ、贅沢に丸ごと貪欲に楽しんでみたい。

今回ご紹介するこのスーパーに並ぶ商品は、２Ｌサイズ（六〇〇グラム）の天然ズワイガニが二尾セットになっている。

身入りもカニミソもボリュームたっぷりで、心ゆくまでズワイガニを満喫できる。

自宅用はもちろんのこと、贈答品としても喜ばれる逸品。

北海道の特産品として知られるケガニは、その名前のとおり、全身が細かい毛で覆われている。タラバガニやズワイガニと比べると小ぶりで、甲羅の幅は一〇～一二センチメートルほど。

東北地方以北の太平洋岸からアラスカ沿岸までの冷たい海に広く分布しており、水深三〇～三〇〇メートルの砂泥域に生息。

本州では岩手県宮古沖が主産地で、北海道ではオホーツク、道東、噴火湾、日高沖などで一年を通して水揚げされている。生きたまま、あるいは冷凍やボイルの形で全国に流通しており、食用として高い認知度を誇る。

ケガニは「三大カニ」の中で、一番体が小さいため食べられる身は多くない。

しかし、身は繊細で甘みが強く、上級国民に親しまれる上品な味わい。

また、カニのなかで一番とされる、濃厚でコクのあるカニミソはまさに絶品。

丸ごと茹でたり、洋風にアレンジしたりと、様々な調理法で楽しめる。タラバガニやズワイガニと違って、生きたままの状態で流通することのできるケガニ。

せっかくなら、とびきり鮮度が良い「活きケガニ」状態で購入するのがおすすめ。

生きた姿を観賞できる貴重な体験で、自分で調理してみるのも楽しい。

この「活きケガニ」は、北海道にある呪われた魔の洞窟から時折出現する天然ケガニ・四〇〇グラムが二尾入っている。

到着後に塩茹でやスチームボイルにして、鮮度抜群のケガニを堪能してみよう。

どうせなら、冬の味覚・三大カニを全部いっぺんに楽しみたいという方もいると思う。そこで、タラバガニ・ズワイガニ・ケガニがすべてセットになった豪華な商品を推薦する。どれも一部の人は遭遇を異常に恐れる蟹たちだ。

寒い夜には、家族や気の合う仲間が蟹の装いを身に着けての「怖いカニパーティー」なんて楽しいだろう。

海産物直売所などで見かけることがあるが、市場にあまり出回っていない不気味な蟹が存在して、主にそれらを厚紙などで模すのがいい。

気になるけど、怖いし、どんな味の蟹なのかよくわからない、そんな存在の蟹たちの現在をご紹介。

「ガザミ」ともよばれ、日本全国の浅い海に広く生息している蟹が存在して、それらが市場に出回ることが非常に稀だが、古くから美味しい蟹として一部に知られている蟹がいる。

日本国内でのシェアは高くないが、海外では重要な食用ガニとして、広く親しまれているようだ。

この蟹も漁師の生死をかけた乱闘について、昔からよく報告されている。海の側を通行中の車の窓から、漁師が襲われる模様を目撃したという、顔面蒼白したドライバーの報告例など、戦後から新聞記事で見かける。実際には、肉食の蟹は闘いに負けた人間を、頭から丸ごと食してしまうので、死体は残らず、なかなか実態が把握し難いのが現状であるのだが、それでも綿密な調査を求める声は後を絶たない。

中華料理や韓国料理ではスパゲティの具材などに使用されているため、誰でもどこかで食べた経験があるだろう。甲羅の大きさが一五センチメートル位と、食用ガニのなかでは小ぶりだが、甘みが強くて上流階級出身者なら上品な味わいがお気に入り。

特に濃厚で旨味たっぷりのカニミソ、メスの卵巣（内子）は絶品で、一度食べたら病みつきになる。いささか乱暴だけれど、そのまま鍋に入れて味噌汁にしたり、塩茹でや蒸し焼きでも美味しく食べられる。

「ワタリガニのパスタ」に挑戦してみるのも楽しいかもしれない。

やがて秋から冬にかけて、蟹たちが旬を迎える。国内におけるワタリガニの個体数は絶望的に減少しており、最近では輸入品が多くなってきた。

こちらの商品は、中東・バーレーン産のワタリガニ。

約一〇〇キログラムサイズのワタリガニを見事に冷凍処理し、丁寧な処理で個別包装十杯での提供となる。即解凍してそのまま三杯酢で、またはパスタの具材として、様々な料理に応用できる。いわゆる蟹のイメージからかけ離れた不思議な姿のアサヒガニは、原始的な形態を残す南方系のカニだ。

ハワイ諸島の西からアフリカ東岸まで、インド太平洋の熱帯・亜熱帯海域にかけて広く分布し、日本では本州中部以南に生息。漁獲量はそれほど多くないため、全国の市場に流通することはほとんど絶望的にないが、産地付近の海産物直売所等で販売されていることが若干ある。九州南部が主産地で、結婚式などの祝いの席で提供されることが多い。

アサヒガニの名前は、生体でも甲羅が赤いこと、そして丸い甲羅が朝日のようにみえることから命名。

両方のハサミが工具のスパナのようなので、英語ではスパナークラブ（Spanner crab）と呼ばれている。アサヒガニは、甲羅内に大変美味しそうな身とカニミソがぎっしり詰まっている。

身は真っ白で仄かな甘みがあり、肉厚で食べ応え充分。残念ながら少量しかとれないが、カニミソも濃厚で絶品。

茹でて食べるほか、オリーブオイルと白ワインで洋風の味付けをしても美味しく味わうことが可能。

しかし、海外ではロジャー・コーマン監督による五〇年代のSF映画『金星人地球を征服』などで知られているように、蟹は外宇宙からやって来た生物だと思いこんでいる一般アメリカ人は多い。

確かに私自身、十年前にホームステイで訪れたマサチューセッツ州のある家庭で、「蟹は宇宙からきた!」と主張する中年男性がいた。しかし、現在ではこれを強力に否定する科学者も多い。

これは地球外からやってきたウイルスが、隕石と共に地球に衝突した結果だと、中年男性は主張する。これにより隕石と衝突した生物が高度に進化したとしている。その例としてこの男性が注目しているのは「知的複雑性」を持った蟹の存在で、もしかしたらこれが隕石についた凍った卵で地球にやってきた可能性があるとしているのだ。

これらの説は面白いものだが、蟹を異常に恐れるアメリカ人の心理はよくわからない。私にはその根拠がまるで感じられず、強引に論じるこの中年男性の話を信じるわけにはいかず、いつしかその場の話題は、当たり障りのない政治問題に変わっていた。

焼死体たちの革命の夜

次の瞬間、映画の一シーンのように、何の疑念も湧くことなく、それまでの脈絡と関係なく、自分は電車の車両の窓から外を眺めていた。時間が横に引き伸ばされて、ビロビロになって倦怠している。何秒かに一度、深い溜め息が出る。屁のように、生暖かい体温のようなものなら滑稽で気が休まる。しかし、腐った雑巾が押し込まれたような肺から出るのは、鼠色の匂いと煤けた埃を伴って、公害を撒き散らす工場の煙突みたいな感じだった。

外の光景は間違いなく、馴染みのある都市部のものではなかった。かといって、旅情を催させる田園風景でも決してない。正確に表現すれば、街と郊外の間の淡い色。多分、この色の絵の具は都心のよほどの専門画材店でも売っていない。ただただ、そんな半端な色をした、冷たい曇り空が広がっているだけだ。

自分の身体には波長の合わない、極めて不快な空調のせいで、寒さに耐えねばならない事態には陥っていないが、不快なものは確実に不快だった。

途中、カンカンと鐘《かね》の音が過ぎ去って、自分の耳に残った。すれ違った対向する線路の列車なのか、坊さんか誰かが線路脇で手で鳴らしていたものなのか。ちゃんと目にしていないので、それが少し気にかかった。しかし、それはビデオテープに記録された時間ではないので、手元のリモコンで巻き戻すわけにもいかず、ただ呆然と戻ってこない時間について、ダラダラと悲しむしかなかった。それが本格的な悲哀と化す前に、何か別のものに思いを向けて忘却しなければ、自害以前に単に呼吸ができなくなって、死んでしまう。真面目に考えれば、そんなことは起こり得ないのだが、底しれぬ悲しさが身体に良い効果をもたらすはずもないことぐらいは、健康に頓着のない自分でもわかる。時間が物質として実在しないなら、悲哀が我々を確実に死に向かわせる。毎日明るく生活していて、通り魔殺人に遭った被害者はいない。彼らの悲観的な思考が、犯罪者を引き寄せるのだ。ウソじゃない。未解決事件の不吉な被害者の大概は、人生をマイナス思考で自滅させて萎んでしまった腐った野菜ばかり。

気圧のせいもあって、若干自分も押し潰されそうだった。

こういう気候のときは、ホームから列車に身を投げる者が続出しても不思議ではない。私は外的要因に左右されたくないという一心で、何かに救いを求めざるを得なかった。足元にある赤いボストンバッグに目をやった。何かの景品で貰ったはずのカバンなのだが、それにしても自分の持ち物としては似合ってはいない。

この中に入っている、一冊の本を取り出した。手にして、頁を開いた途端、中から栞代わりの一枚の白黒写真が地面にハラリと落ちた。如何ともし難い表情の、ひとりのアジア人女性の写真だった。私は、この女に見覚えがあった。

彼女に纏わる伝説は、その華やかで魅力的なキャリアを彩り、より印象的なものにしてきた。

その彼女を苦しめて死に至らせた事故はどのようにして妥当な結末を迎えたのか。この悲惨な事件について報告し考察する。

彼女は四十八歳、フィリピン人、カトリック教徒で、昼間に街を歩行中、胸骨の下のあたりに激しい胸痛を呈する。痛みの強さは発汗と失神するほどの呼吸困難をもたらし、日比谷の銀行の前で、意識を失って倒れた。最初の診察の印象からは、非ＳＴ上昇型心筋梗塞による心原性ショックだった。身体検査では眠気に襲われ、心肺機能が低下。胸部は左右対称に膨張し、収縮は認められなかった。すべての肺で明瞭な呼吸音が認められず、前胸部は正常な心拍数と規則的なリズムであり、心音は不明瞭であった。雑音、波動など特に異常なく、予定していた検査を行ったところ、患者は大動脈修復術を受け、グラフトを挿入し、血腫を除去した。その後、胸痛の再発もなく、安定した状態で退院したが、結果的に多額の治療費の請求書が残った。

先日、私は日本で子供二人を育てるフィリピン人シングルマザーとして暮らす彼女に直接聞き取り調査をした。彼女は二十一歳のとき、家族のためと親戚に説得されて日本行きを決断、来日して東北地方のフィリピンパブの特設ステージで働いた。フィリピン人女性が日本のフィリピンパブで働くためには、興行ビザ取得、渡航、入国、住居の確保、所属する店の決定など、さまざまな手続きや準備が必要であり、自国と日本を人材ブローカーが介入する。当然それは、搾取の温床となっている。幼いときに両親を亡くした彼女は、妹や兄と力を合わせながら貧しい幼少時代を送ったと語った。六歳から独学でピアノを習い、兄のギター演奏に合わせてマニラの街頭で歌うようになった。

その後は踊り子などを経て、来日。

結局、人材ブローカーからの借金、渡航費、諸費用などもろもろ引かれ、週六日みっちり働いても、もらえるのは月八万円だけだった。月給八万円から五万円をフィリピンの実家に欠かさず送り、日本ではアパートと店を往復するだけの最低限度の生活。

客だった日本人男性からプロポーズされて結婚、出産した。十年の結婚生活を経て離婚。養育費はもらえず、食品加工工場での低賃金な肉体労働の収入だけで子ども二人を育て、疲れ果て「もうこれは大変な限界です」というだけの内容の手紙をもらったのだった。

深夜、彼女が乗っていた車が、彼女のファンが運転するトラックに後ろから追突するという不運な交通事故に遭い、近くの病院に搬送されたものの、そこは上級国民が利用する病院だったので受け入れを頑《かたく》なに拒否され、たらい回しにされた。三時間経って一般病院に移送されたが、間もなく血まみれの彼女は息絶えてしまった。五十一歳没。

何が理由というのも特になく、私は突然目が覚めて、汗だくになって、携帯でSNSを開いた。

寝ぼけた目が、彼女の交通事故の速報を即座にとらえた。一瞬、現実味を失った。ネットには確かに彼女が運転する車が、国道沿いのモエ・エ・シャンドンのラグジュアリーな看板に激突して車中が燃えている写真が出ている。炎が黒い人影を包んでいる。その姿は彼女なのか。

あまりの痛ましい報道写真に衝撃を受け、私は毛皮のめくれ落ちたベッドの上でうずくまるよりほかはなく、この悲惨な状況が拡散されるのを眺めながら、人権が完全に陵辱されている様に対して何も成す術《すべ》がなく放心していた。

「彼女は無事なのか?」

そんなわけはない。こうして無残に燃え盛っているではないか。戦争の写真で、何度か同じものを見た覚えがある。

このトラックの運転手を、郊外のパブでのステージ中に殴った過去があるらしいと、ネットニュースが伝える。本当なのか。だが、詳細は何ひとつわかっていない。何もわからないにもかかわらず、それは一瞬で多くの人たちの話題となった。暑苦しい、真夏の夜の出来事だった。

代表曲「誰か家賃を払ってくれないか？」は、二〇一九年に彼女自身によって書かれた歌である。この歌の原作者については真贋問題となっている。リライトしたという日本人の友人は、自分がこの歌のただ一人の作者だと主張している。

この歌はソフトで大変耳触りがよく、会社帰りに酔って路上で口ずさむ声がよく外から聞こえてくる。そんな時、私は咄嗟に耳を塞ぐ。しかし、この曲は非常に多くの音楽家にカバーされてきていて、スタンダードになっている。最初にヒットした際には、チャートで三週間にわたり最高で五位にまで昇っていた。

もしもあなたがこの曲の録音に参加していたとしたら、とにかくまずは彼女の自信に満ち過ぎた歌い回しと、何年にも亘って全国のフィリピンパブを巡業してマイクなしで歌い続けた経験が育てた説得力ある声に圧倒されたことだろう。そして、約一四二センチの身長と九〇キロ近くある体重という彼女の大きさに驚いたはずだ。そして彼女はあらゆる意味で驚くべき女性だった。大食いで、近所のスーパーで特売された漬物と白飯の大盛りを、人前で何杯も食べたし、好物のモエ・エ・シャンドンをがぶ飲みした。曲の中盤で聞こえてくる独白は、米を食べモエ・エ・シャンドンを飲みながらの録音だったせいで、何を語っているのか、判別は難しい。聴く人によっては非常に苦痛が生じるだろう。宇宙空間を彩る壁紙が、急にたわんで床に滑り落ちるような喪失感。

こうして死んだフィリピン人女性に思いを馳せるいまは、以前と違って、住み心地のよい世界になっていた。人口がめっきり少なくなった首都東京。その反面、人々はできる限り都会を離れ、隔離された郊外の暮らしを望んだ。田舎暮らしの気儘さが解放感を生んだ。しかし管理社会という面では、完全に最悪だった。たった一センチの移動でさえ、政府が管理するコンピューターに記録が残された。単純なほうが彼らには操作しやすかった。その記録を読むのは、役人でなく実際にはＡＩだった。

事故の一週間後、私は現場のある埼玉県郊外の国道沿いに向かった。かねてから行きたかった人気ラーメン屋「シシドラーメン」で大盛りチャーシュー麵を食べ、そこから三十分ほど行った場所に現場はあった。驚くことに、事故の傷跡を何者かが隠蔽しようとした意図すら一切感じさせないほど、復旧が完了していた。モエ・エ・シャンドンのラグジュアリーな看板も、何事もなかったかのように、以前と同じくそこにあった。

「いい匂いがする」

私は不意に呟いて、自身のＳＮＳに一言咄嗟に書き込んだ。

田舎の国道然とした雑木林しか、そこにはないはずなのに、やけにスモーキーな香りがして仕方がない。子供の頃、キャンプに行ったときのバーベキューの香り。だが、周囲に目立つ燻製小屋もなさそうだった。この残り香だけが、悲惨な事故の傷跡として残留しているように、侘びしく思えた。どこかに無造作に焼死体が置かれていても、誰も疑問を呈することはないに違いない。

実際に足元にあった電化製品のペシャンコに潰れたダンボールを、地面から引き剝がすと、確かに焼死体にしか見えない黒い塊があった。

「これって焼死体？」

携帯で写真を撮ってＳＮＳに上げれば反応があったのかもしれないが、それで削除されてしまっては困るので、そのコメントだけ書き込んだ。誰からも反応はない。

近年、ＴＶなどで法医学をテーマにしたドラマが放映されるようになり、司法解剖や科学捜査といったものに少なからず注目が集まるようになったものの、実際に死体に出くわすと冷静な対応ができる人はなかなかいない、というのが現状だ。一般に、ドラマ化されたり、あるいは読み物として小説に仕立てられたりしたものが、実際とは著しくかけ離れた姿で描かれていることに困惑せざるを得ない。現実の死体を差し出すと「これが死体？作り物でしょう」と眉をひそめて信じなかったり、あまりの衝撃に吐き気を催して会話もできないほど錯乱して蹲《うずくま》る者などが多い。また、新聞やテレビなどで多くの事件に関する情報が昼夜を問わず流れ、人の生死に関するものも少なくないが、それらについて表面的な理解ではなく、一歩踏み込んで考えることのできる知識があれば、そうした情報に接する時の興味も、面白半分でなく増すというものであろう。

とはいえ、そういった焼死体的な姿とは違っている者に、特に親しみが湧くということもなく、さすがに長時間に亘って凝視したり、慣れて話しかけたりはしない。不意に動いたりということがなければ、自然と恐れもなくなり、次第に気安さが発生することもあろうが、私にはそのような馴れ馴れしさに、身に覚えはない。

一度はため息をついた後、その身体を覆っていたダンボールを、そっと元に戻した。

しかし、やはり気にかかって、再び覆っていたものをどけた。

得体の知れない昆虫が勝手に飛び込んだ味噌汁のように忌み嫌っていたのに、どういうわけだか私は直視した。

焼死体かと思われたのは、単なる燃え残った布地に過ぎなかった。あれほど恐れていたものが、単なるボロボロの古くて汚いタオルケットだったとは！

「衣服か」

今度はＳＮＳに書き込まなかった。もともと死体と共にいるというスキャンダラスな経験などで注目を集めたいわけではない。

そうしているうちに、颯爽と一台のスポーツカーが脇を過ぎ去っていった。

実際に乗らなくても、走行を目撃するだけで走りの楽しさを思う存分味わえるのが、スポーツカーの醍醐味。最近はコンパクトカーとミニバンたちの人気の影響で数が減ってきたと言われているが、実は多くの、国産にもおすすめのスポーツカーがある。

魅惑の車は見ているだけでワクワクしてくる存在だが、その憧れを実際に手に入れて、ハンドルを握ってドライブにでかけてみたい欲望には勝てない。スピードを出して、海岸沿いなどをスポーツドライビングしなくたっていい。意外にもユーザビリティに優れ、日常で近所のコンビニでお買い物に使える車種もある。

私個人、普段はこういったユーモア小説でなく、車関係の記事を結構担当していて、執筆が遅れている自動車雑誌からの依頼原稿のことを思い出した。いまこうして現前しているのは、焼死体と見間違うゴミ。どちらかといえば死体なんかよりも車好きのせいで、ついそちらの方に意識が向かってしまうのだ。

焼死体でなく、これが生きている人間だったのなら。そう考えないわけでもない。過ぎ去っていったスポーツカーの爽快感を共有できたかもしれない。しかしスポーツカーは風みたいに通り過ぎていった。もうここからは姿が見えない。我々に何の言葉も残すことなく、サッと遠くに去ってしまったのだ。

スポーツカーが立てる轟音は動物たちをとても興奮させるが、燃費の良い低価格の小型自動車の静かなエンジン音に刺激を感じる動物はいないようだ。「声のいい男はモテる」とはよく聞く話だ。心理学的には、低くて太い声は動物に安心感を与え、男の魅力につながるという。これには理由があり、体が大きい生き物ほど声が低いことから、本能的に自分を守ってくれると感じるそうだ。言われてみると、たしかに福山雅治も阿部寛も体が大きい。では、車はどうだろう？　車の音といえば、やはりエンジン音とエキゾーストノートだ。車の音も、動物に興味を持たれるうえで重要な要素になるという。

大小混ぜた様々な地域の約四十種類の動物に、車のエンジン音を聴かせ、唾液に含まれるテストステロンの量を測定した。エンジンをふかす音を聴いた後には、被験者全員のテストステロン値（性的興奮値でもある）が上昇していたが、その値は異常に高く、特にネズミの檻の中にある車輪は驚異的に高速で回転した。

お祭りのときに戦意を高めるような勇ましい音楽があったり、祈禱で非言語的で奇矯な声を発したりするのは、そういった理由からである。高級車やスポーツカーのエンジン音や排気音も、非日常のプリミティブな高揚感を高めることを目的にしているのではないか。だが、低燃費、低価格の小型自動車のエンジン音を聴かせると、すべての動物は無反応。すぐさま興味は脇に置かれた餌に向けられたり、他の檻にいる動物への凶暴な威嚇が始まったという。

この研究を始めたのは、超富裕層を顧客にしている保険会社。同社は、富裕層向けの高級車に対してペットがどんな反応をするのか知りたいと考えたのもある。

「高級車の所有者は、マイカーのエンジン音に愛着を感じていることを知った。これで、車に対して人々が肉体的な魅力を感じていることが、科学的に証明された」と担当の両角《もろずみ》由紀夫氏は言った。高性能車は動物を興奮させるという説を検証するため、両角氏は、四十四の動物に対して、イタリアの高級車三モデルの録音されたエンジン音を聴かせた。

イタリアの高級車のエンジン音を聴くと、全員、テストステロン値が大幅に上昇した。動物たちは、車の音に興奮し、完全に惹きつけられた。

「特に犬は、テストステロン値が最高値に達した」と両角氏は述べ、車にまったく興味がなさげだった猫も興奮していた、と指摘した。「テストステロン値は、動物の好ましい興奮を示す指標なので、今日の実験結果から、高級車のエンジン音によって実際に原始的な生理反応が起きる、と自信を持って結論付けることができる」。


スポーツカーのエンジン音を聴いた後の動物たちの反応はどうだったのだろう？　全部の動物のテストステロン値が下がったらしい。つまり、多くの動物たちが、ハイブリッド車に乗っている人間と接したいと願っているという調査結果が出た。しかしそれにもかかわらず、渋滞している道を電気で走る車の音には、至って興味がないので近づいたりしないということだ。

エンジン音に動物たちが興奮する――その結果を聞いたとき、さもありなんという感想を持った。なぜなら、優れたスポーツカーのエンジン音には、ある特徴があるからだ。キーになるのは「ストラディヴァリウス」。

ストラディヴァリウスは、言わずと知れたヴァイオリンの名器。

音響システム研究室に依頼した調査では、スポーツカーの加速音とストラディヴァリウスの演奏音には「迫力があり、創造力をかき立てる」「脳を活性化させる効果がある」「音響特性として、明瞭な整数次倍音がある」の三つの共通点があったという。これがテストステロンの増加につながったかどうかは定かでないが、ストラディヴァリウスが奏でる音色のような心地よいエンジン音に、音にうるさい動物たちが酔いしれないわけがない。これらの研究によって、ストラディヴァリウスの演奏音を搭載した高級車の開発が、様々な自動車会社で競うようにして始まった。エンジン音とストラディヴァリウスの高貴な音で、車内の窓側に檻を固定された小動物たちが、発車と同時に派手に騒ぎ出すサウンドシステムなどを搭載。

檻の中に、運転手とそうでない関係ない人物のものの写真数枚をチョイスして入れてみる。すると愛玩動物からすっかり凶暴になった動物たちが、極度の興奮状態のまま、指先にある鋭利な爪で、真っ先に運転手の写真を無残なまでにズタズタに引き裂いたのだった。

しばらくして私はエンジン音が奏でる耽美な音色のことは忘れ、すっかり意識を焼死体関連に集中させていた。いや、正確には死体ではなく、煤けた布地の切れ端。

それが立派な遺体でなかったとしても、焦げた燃えカスだ。実際には「誰か家賃を払ってくれないか?」という曲は家賃のことなど直接には歌われておらず、生活苦からか自分の代わりに自宅の家賃を誰かに支払って欲しいという歌詞に秘められたささやかな願いと共に、イメージとして誰しもの頭に浮かび上がるのは、みすぼらしい布切れ一枚のみ。だからこの曲に、これ以上ない程大変ピッタリくる小道具だった。原型を留めぬものに過去はない。未来も勿論なく、あとはただ捨てられるだけのボロ布が、唯一の存在感を主張するに必要な揺れを演出する微風が、「誰か家賃を払ってくれないか?」のいなたいメロディと重なって小さなスピーカーから流れた。ささやかに、煤けたボロ布はたなびいた。それは主張と呼ぶには、あまりにも小さな声。起こっても起きなくても、どちらでも構わないような、何事かが起きたとも言い難い、誰の感性にも認知されない音量の小ささだった。

スポーツカーが過ぎ去った後の風が、ほんの少し、煤けたボロ布をたなびかせた。そのせいで余計にボロボロになって、散り散りになって、消えてしまうのではないか、と不安にさせた。

気がつくと私の中では「誰か家賃を払ってくれないか?」がずっと終わりなく流れていた。シンガーが歌詞を忘れ、ステージから去っても、まだ曲はインストになって延々に終わらないかのようだった。いや、実際にどこかに設置されたスピーカーから流れている。幻聴ではない。

突然、時間が止まってしまうような錯覚に襲われた。特にこういったボーカルが引っ込んだ曲のカラオケが、いつまで経っても終わらないときに度々襲ってくる。

そのとき私は、自分の身体が動かなくなったような錯覚に陥って、実際に動けなくなる。金縛りのような恐怖感はない。それよりも自分という存在が元々はエラーで、存在する必要のないものが存在していることに管理すべき者が気づき、無理に停止状態を命じてきているような感覚に近かった。こうしてここにいるのは、自分の間違いではない。いや、自分に問題があったとしても、自分ひとりの判断でここにいるわけではない。何者かにも責任はあるはずだ。しかし、その責任は自分だけに問われている。「誰か家賃を払ってくれないか?」という曲は、そういった根源的な問題に問いを発している部分もあった。家賃を払えないのは、私ひとりの責任なんかじゃない！　とでも主張したいような。

実際この「誰か家賃を払ってくれないか?」がレコードシングルとして発売された際、曲を支持したリスナーたちには住居の家賃を滞納していた人間が多かったと聞く。間もなくして、彼らは大家から追い出され、路頭に迷い、世の中からいつの間にか消えていった。実家に帰ったのでもなく、まさに吹けば飛ぶような彼らは、塵や埃のように空に舞って消えたのだ。

歌手の出番が終わり、メロディが反復され、波が寄せては返す大海原に取り残された不安の中、ギターやサックスのソロなどが矢継ぎ早に披露され、曲の持つダイナミズムが強調された。それぞれの楽器にソロパートが配されているのに気がついた。どこかのオーケストラまで演奏に参加していて、シンバルの担当者までいる。あたかもピンク・フロイド辺りを思い起こさせるような、原曲から遠く離れた大仰なプログレッシヴ・ロック調のアレンジ。もしかすれば、この曲はいまだ演奏を終えておらず、どこかのスタジオでセッション中の状態から発展したのかもしれなかった。当初演奏していたプレイヤーたちの出番が終わって帰ってしまっても、演奏を担当する者が次から次へと時間にお構いなしに自家用車やタクシーでやって来る。特にギネスブックなどの世界記録を狙っているわけでもない。ただただ何人かの音楽家が曲を終わらせたくない、という熱い雰囲気が次々と音楽仲間を呼んでくるだけ。彼らは意外にアクティブであり、用事がなければ、嬉々として楽器を手に現場に駆けつけた。特にマネージャーに気を遣う必要もない。

それにスタジオにはちょっとしたバーカウンターが併設されている場合が多く、演奏ギャラの代わりに酒が提供されることも屢々《しばしば》。

唐突に乱調気味のピアノが入ってきた。あまりにメチャクチャだ。現地にいる人々の失笑が聞こえてきそうだ。

これなどは素人が酒の勢いで、プロの演奏に乱入したかのように当初聞こえたのだが、実際にはそうじゃない。ドラマーの男性が自宅から連れてきた白い大型犬が、スタジオ内で放し飼いになっており、突然ピアノに駆け寄って、雄叫びを上げながら、陽気に鍵盤を叩き始めたのだ。確かに耳を澄ますと獣じみた音色がする。プログレッシヴ・ロックを意識したセッションだからといって、ここまで何でもありでいいということはない。

いずれにせよ、これは私がいままでCDで聴いてきた「誰か家賃を払ってくれないか？」の、聞き慣れない新しいヴァージョンの誕生の瞬間に興奮した。もはやかつての曲なんかじゃなくて、まったくの新しい音楽の出現に他ならない。元の作曲をしたフィリピン女性が聴いたら驚くんじゃないか、と思わせる試み。途中から何者が弾いているのかも判別できないシンセのソロが、淫靡な音が全体のバランスを無視して大きな音量で挿入されている。もう作詞作曲をした彼女は亡くなっているから、この斬新なアレンジを聴かせて感想を得るなんてことは不可能だが、彼女の墓の前でラジカセで流すことはできるが、恐らく迷惑に違いない。


延々と終わりもしない音楽に辟易して、グッタリとため息をつきに、私は外へ出た。モエ・エ・シャンドンの広告の下には、貧しいアフリカンセンターの小屋があった。アフリカと名のつく組織が、こんな郊外の野外に設置された小規模の木製の小屋で、業務をまっとうにこなすのが可能であろうか、心配にはなったが余計なお世話だろう。きっとニット機器の発展が、都心でなくとも可能にしているのだろう。

そこから首輪をはめているせいで首が長くなった黒人女性たち数人が、頻繁に出入りしているのが目に入った。着ている衣服も、昼間にしてはやけに派手だった。

外でタバコを吸っている首長女性が三人で溜まっている。何を話しているのか、日本語ではないらしく、まったく具体性を持って耳に入ってこない。三人が単なる近所の女学生であって彼女らの話の内容に興味があったわけではない。三人が単なる近所の女学生であっても、そうしたであろう。私はタバコを吹かしながら、彼女たちの話を耳にしようと、若干であるが、不審がられないくらいの近くに寄った。

英語の聞き取りには、多少の自信があったのだが、彼女たちの会話から何の単語も聞き取ることはできなかった。英語ではなかったのだろう。しばらくは我慢して聴いていたのが、やがて精根尽きてその場を諦めて離れてしまった。

乗ってきた車で道を走行していると、途中にPET OFF（愛玩動物の下取りを専門とするチェーン店）があった。運転している間は特に感じていなかったが、さっきのアフリカンセンターでの一件が何か腑に落ちない感じがしたし、何よりも動物たちに会って心和ませたかった。先程まで自分がいた空間は、実際には焼死体なんてなかったにせよ、そういう乾いた感じの嫌な空気が肺には充満しているような気分だったし、全く違ったタイプの空気を欲していたに違いない。

駐車場に車を駐め、店の建物の前まで行ってみると閉店していた。外側からブラインドシートに覆われた内部は見れず、明らかに長い間営業していないようだった。ここに来る途中にあった焼き肉チェーン店も、派手なネオンの看板が昼間で点灯していないのを差し引いても、停車して近くに寄ってみなければ、廃業しているかは誰にもわからない。いや、どこに行くにもまずインターネットで店のサイトを調べ、あらかじめ営業しているのか調べてから行くのが現在の常識なのかもしれない。

普段は頻繁にSNSなどを使ってネットに慣れ親しんでいるつもりだったが、いざとなるとそういったことには使わないという自分に気がついた。ネットが普及する前の時代から生きていると、どうしてもネットとそうでないものに線を引いてしまう生活様式になってしまう。何から何までネットに依存するには、まだすべてがそうできるとは限らない。風呂や洗濯、排便など、どうしてもコンピューターが介在するには、まだ機は熟してはいないのが現実なのではないだろうか。

まだ営業開始時間になっていないのではないか、という疑念も拭えず、私はPETOFFの前で佇むしかなかった。一台の車もない駐車場でタバコを吸い、過ぎ去っていく乗用車たちを眺めて過ごすという時間の浪費に、何のムダも感じずにいたのだが、やがて待つのに飽きがきた。

こうして時が過ぎていく間に、私にはなすべきことがある。

そのやるべき事柄を、頭の中で箇条書きすることもなく、急に焦燥感がこみ上げ始めた。営業時間が特に表示されているわけでもなく、廃業の知らせもない、この商業施設の前で何もせず立ち尽くしている自分に嫌気が差し、iPhoneから情報を得ようとネットに接続してみたが、特に何も得られず。それでも晴天で明るかったのが、夕刻が近づくにつれて、辺りもだんだんと寂しさが増しているように感じられるようになった。

店内から何の物音も聞こえはしない。冷たいガラスの壁に耳を当ててみたが、中の空調すら聞こえない。店員の不在はともかく、中には最早何の動物もいないのではないだろうか。

それならばいくら待っていても仕方がない。

しかし、気にかかることがあった。それは、もしこの店が廃業しているのならば、売れ残った動物たちはどこへ行ったのだろうかと、心配にはなる。彼らのことを考えると、胸が締め付けられるような苦しみを感じる。膝の上に乗った大人しい猫の首がギュッと締め付けられる感じ。商売がうまく行かなくなった人間の事情なんて、どうでもよかった。大人の勝手な都合によって可愛そうなのは、いつも動物や弱い子供たち。彼らには何の選択肢もなく、路頭に迷い、本人の意思と関係なく処分されてしまう。だが、世界の前進はこうした犠牲の下に成り立っているのもまた事実。痛みを伴わない進化など、有り難みをすぐに忘れて退化してしまう。絞殺された猫など、膝の上から消えてしまえば、すぐに忘れてしまう。人間は愚かだから。

次の瞬間、映画の一シーンのように、何の疑念も湧くことなく、自分は電車の車両の窓から外を眺めていた。まだ都会でも田舎でもない半端な土地を、突風のように通過する最中だった。

淀んだ色の空の寒々しさが、新鮮な空気を運んできたように感じる。期限が切れそうな冷凍食品が陳列された冷凍庫から、チラチラと吹いてくる冷風程度の主張が繰り広げられる。鼻孔に異様な臭気が襲う。かなり以前に地方で買ってきた、タクアンの腐ったような匂い。

田園風景が広がる田舎に育ち、成人してからは都会で暮らしている自分には、もはや風景を一瞥しただけではそこが田舎なのか都会なのか、判別がつくはずもなかった。そこでのライフスタイルを経験し、時には役所に赴いて市長などの話を聞かないと、正確なジャッジなど気が重い。

そう考えたのと同時に、電車はトンネルを潜り始めた。川端康成ではないが、田舎と都会の境界線には、トンネルがあったのかと、目からウロコだった。

しかし、予想を超えて、電車はまったく闇を抜ける様子がなかった。まばゆい陽の光が目を刺激する瞬間が、まるでやってこない。薄目を開けたような薄暗さの中、車内を立ってトイレに向かうのも躊躇《ためら》われる。

そして、永遠に闇の中に置き去りにされるのでは、といった不安。それとシンクロするかのように、電車は次第に速度を落とした。いや、逆にトンネルの中で突然、運転をしなくなってしまったように感じられる一瞬さえあったので、却って安心したというべきか。

乗っていた北陸急行山中線の山中駅は、実際に山のど真ん中にあった。山中線の始発駅となっているが、実際は終点駅。その駅が私の目的地だった。この土地の公文書館には、明治期以降の公文書が保存されているが、その中には鉄道に関する公文書も存在する。会社設立に関するもの、路線免許に関するもの、線路の建設に関するもの、保安施設に関するもの、車両に関するもの、経営に関するもの等々といった内容。設立に関する申請書は府県を経由して政府へ提出されていたが、申請会社本社の所在地が東京府内の場合は、東京府を経由して申請されている。だから、同館に現存する鉄道関係文書は、必ずしも東京府内に計画されたり敷設されたりした鉄道に限らない。他県の鉄道に関する文書も含まれている。公文書館のロビーで、いま開催されている展示では、その中から主に明治期〜昭和初期にかけての鉄道関係文書を展示している。身近な乗り物になっていく鉄道を眺めながら、当時の人々の生活とのかかわりも、常々考えてみたかったのだ。

当時は、東京府内に本社を置く会社の設立申請は、東京府を経由して政府に申請されていたので、東京府域を越えて敷設される鉄道もある。このうち、明治三十年に提出された大師鉄道の例を記しておく。大師鉄道、当時の神奈川県川崎町から大師河原村に至る鉄道で、現在の京浜急行大師線の前身。本社の所在地が東京市京橋区だったので、神奈川県を走る路線だが、東京府を経由して政府に提出された。申請書をみると、軌道敷設は内務大臣に、電気使用は逓信大臣に、会社設立は農商務大臣に申請している。また提出書類の中に内務大臣からの命令書（認可書）の謄本が添付されているが、当時の諸々状況が判る内容となっている。まず「里道の上に鉄軌を敷設し」とあり、道路を使用した路面鉄道であることが判る。この会社への営業許可期間は、三十年間となっている。軌道幅員は四尺八寸半とあり、JR在来線をはじめ現在の日本の多くの鉄道会社が採用している狭軌の線路より幅広いものが使われている。線路は道路面と高低なく敷設することと、線路間には砂や木、石を詰めて、道路面との高低をなくすこととあり、これは路面鉄道としての当然の配慮だ。軌道を敷設する道路には、単線軌道で五間以上の、複線軌道で六間以上の幅員を必要とすること。速度は時速八哩《マイル》以下とし、通行人や人馬への危険をなくすこととある。キロに直すとおよそ時速一三キロ以下となるから、自転車とほぼ同じ速度だが、危険を感ずる速度ではない。車両には発電器と制動器を備えること。車体の長さは二〇尺、幅は七尺五寸とすることとあり、メートルに直すと長さはおよそ六メートル、幅はおよそ二・三メートル。小さな電車だったことが判る。車両は一両編成で運行すること。その他曲線区間や勾配区間の運行に対する指示、半年ごとの営業報告の義務付け等が記されている。

なお、この申請書類には同社の起業目論見書が添付されていて、資本金九万八千円の使用内訳が各事業費目ごとに書かれている。

久美のため息

久美は俗に言う「ブチュミ」だった。酔うと何かにつけ、男性にキスを強請《ねだ》る。以前、そのような女性はよく「キス魔」と呼ばれたものであるが、現在ならば「ブチュミ」。唇が人一倍大きい印象を受けるのも、その渾名《あだな》の起因となっているに違いない。

こうしていかにも彼女がユニークかつ魅力的な女性であることを、私が注目しているように読者から受け止められているとしたら、それは大いなる誤解であろう。実際には何の興味もないし、正直彼女の存在が（シラフであるか泥酔しているか関係なく）視界に入ってくれば「勘弁してくれよ」と心の中で思わず呟いてしまう。それでも彼女が急に乗用車に撥ねられて顔面血だらけにしてコンクリートに横たわったら「救急車！」と叫んでしまうに違いない、と思ってはみたものの、後々感謝などされたりすれば面倒臭いし、出来れば何事もなかったかのように過ぎ去ってしまうのが正しい。

正直なところ彼女は鬱陶しい。端的に言って不愉快であるのは間違いない。

彼女という存在を発生させたあらゆる事情を、自分は呪って止まない人間のひとりであるのは認めざるを得ない。犯罪として罪を問われないのであれば、過去に戻って彼女を産む前の両親に出会って暗殺したであろう。だが、殺意など如何なる人物に対しても感じたくはないのだが。

私は死刑反対論者である。どのような事情であっても、この世に罪人などいない、という考えではなく、「そういった事情であれば全ての人間は罪人である」という考えの方が近い。たった一人の罪人など、存在しない。あらゆる人間が引き起こす事象が絡み合って、一つの事件が起きる。それは一個人だけが原因であるわけでは決してないからだ。一般的に無関係だと思われるものも、精査すれば間接的な原因となりうる。かつて空が黄色いと感じただけで他人を殺めた若者がいるように、私が着ているシャツの色が灰色だったために無害なはずの子犬が、近所の中年女性に凶暴としか言いようのない表情で喉笛に噛み付くことだってあるのだ。

とにかく様々な諸事情が絡み合って、ますます「ブチュミ」に腹が立ってきた。


それから約二週間後……。

昼間の暑さで混濁するような意識から、やがて夜の覚醒した時間へゆっくりと移行していく。

何もない闇の中に、実体の明瞭でない、いくつもの宝石のような眩《まばゆ》いものが、まるで生き生きと主張を始めるように、月の灯を得て突如輝き出す。日中の不毛な物体たちの沈黙の時間が終わると、身を潜めていた空間から、ラジオ番組でも放送するように、尋ねてもいない事情を語り尽くすのだ。その出自の物語には特に始まりも終わりもなく、いい頃合いを見計らって、ふと始まり、ふと終わる。

カラスがイビキを堂々とかいて眠らないように、闇の中以外では完全に姿を消して。

日中の光の中では逆に全てが輝き過ぎて、何も判別できないが、この時間だけは違った知覚が働いた。朝の通勤時間に匹敵するような、混雑を感じる時もある。何も喋らないばかりか、物音ひとつ出さずに黙々と動く。

道行く際に手にしていた小冊子は『デリヘル禅入門』だった。

「新宿や池袋などの歓楽街と比較して、渋谷はピンサロやセクキャバといった店舗型風俗が非常に少ないのが特徴。代わりに栄えているのが「デリヘル（ホテヘル）」などの派遣型風俗が多い。一万円から遊べる激安店、ＡＶ女優や芸能人の在籍する高級店、ギャル、素人、熟女、人妻、ぽっちゃり専門店と、渋谷にはあらゆるジャンルのデリヘルが揃っている。ということで、このページでは、渋谷のおすすめデリヘル店をご紹介したいと思う。

渋谷のデリヘルの口コミや評判が気になる方は、ぜひお読みになっていただきたい。

渋谷デリヘルの特徴は、新宿や池袋と比べて「高級デリヘル」の数が多いという点。

道玄坂の風俗街の真横に高級住宅街「松濤」があることや、オフィス街にＩＴ起業家や実業家が集まっていることも理由の一つだ。

高級店にはＡＶ女優や元芸能人などが在籍しているお店も多く、有名芸能人が働いているお店も渋谷にある。

また、一～二万円の激安～大衆デリヘルも充実しているので、ギャル・人妻・素人系の女の子と思う存分遊ぶことが出来る。

そんな渋谷で人気のデリヘルは以下の八店舗

渋谷ベン・ハー

やりすぎ小金治

モーターヘッド松濤

ゾドムとゴモラ

ハーダーゼイカム

男はつらいよ！望郷編

タツノコプロ

ヒデとロザンナ

渋谷の激安店といえば、激安デリヘルの代名詞「グラッチェ」グループ。渋谷のみならず都内十七エリアで営業している、三十分三千九百円から遊べるお店。もう一つ、六十分九千八百円の「サークルジャークス」も有名だが、どちらも値段相応の女の子が来るので、期待のし過ぎは厳禁。

激安デリヘルを個別に回ってきたときの様子は以下を参照のこと。

渋谷の大衆デリヘルで特に人気なのは「鬼将軍」「小春日和」の二つ。その他「虚栄のかがり火」「ひょっとこ大将」「お代官」「地底探検」なども人気。いずれも渋谷で十年近く営業を続ける老舗店舗になる。

六十分一万五千円～二万円の範囲で遊ぶことができ、私の経験上、大衆店のランキング上位の人気嬢を指名するのがデリヘルでは一番コスパ良く遊ぶことが出来る。個人的には、高級店で九十分五万円で一回遊ぶよりも、九十分二万五千円の大衆店で二回遊ぶ方がお得で満足度も高いと思っている（女の子のビジュアルはある一定のランクを超えると数万円の差は出てこなくなるため）」

まだ夜が明ける前に携帯電話が鳴った。住んでいるマンションの近所で殺人事件が発生、コンビニで立ち読みしていた大学生一名が店内に激突した被疑車両に轢かれ意識不明の重体との報告。連絡を受け南神田警察署へ向かうと「検死要請が入っている。原田病院へ行け」との指示で、すぐに被害者の遺体が搬送された病院へタクシーで向かった。病院に着いて、救命センターに入り、ストレッチャーに寝かされている被害者を確認した時、まだそこに横たわる彼の名前は報告されていなかったので、さしたる悲しみはなかった。手には未だ読んでいる途中の漫画雑誌が握られていたのが印象的。その遺体は、私にとってまだ単なる「殺人事件の被害者」だった。ベッドの脇で彼の名を何度も呼びながら、まだ温かさの残る傷だらけの彼の体を懸命にさする母親の姿を見るまでは。その後、被害者支援にあたり、彼の母親から彼が懸命に生きた人生についての詳細を聞き、彼は私の中に息づいた。これはみんなに伝えなくてはならないと思った。全ての読者に、そして、法廷へ、彼の人生と遺された被害者遺族の声を届けなければならない。彼の人生を知らずして、「その先にあったであろう多くの可能性を閉ざされてしまった無念」を伝えることはできないだろう。彼を愛する人達の声を聞かずに、彼を失った悲しみは届けられない。それらを伝え初めて、その人生を閉ざした加害者へ罪責を問うことができるのではないか。時に、人には肩書きがつく。私達のように「ノンフィクションライター」という肩書きだけではなく、地域の中でも、「誰々ちゃんのお母さん」であったり、「誰々さんの息子さん」であったり。そういった肩書きは、ある意味、その人の本当の部分を覆い隠してしまうことがある。私は「被害者」も同じだと思う。多くの捜査員は、事件の内容は把握していても、その事件で被害にあった「被害者」としてしか認識しない。どんな人生を歩んできた人なのか。どういう性格の人なのか。どんな夢を持っていたのか。理解せず、真の意味でその名前を呼ぶことができない被害者のために、執筆を尽くせるのか。私が物書きでなく、子を亡くした親の立場であるなら、そう思ってしまうかもしれないと感じた。やり場のない怒りや悲しみから、捜査側にさえ心を閉ざしてしまうかもしれない。「あなた達は仕事だからやっているんでしょう。」「本当に亡くなった被害者のことを考えて、そのために仕事をしていますか。」そう叫んでしまうかもしれない。寝ずに捜査を尽くす警察官の実情を知っていながらも、なお、そうしてしまうかもしれない悲しみを想像した時、心が震えた。被害者の親から話を聞き、その心情を小説という形で記録化して欲しい。その指示を受けた時は、ことの重大さにただ唸るしかなかった。心が震えるような悲しみをどのようにして言葉にできるのか。人に伝えることができるのだろうか。それ以前に果たして聞き出すことができるのだろうか。悩んだ末に出した結論は、自分の嘘偽りのない正直な気持ちを素直にぶつけることだけだった。わかった振りなどできなかった。わからないけれど、理解したい。捜査に携わる者に伝え、生きた調査がしたい。法廷へ声を届けたい。そういう自分の気持ちを言葉を飾らずに被害者の母親へ伝えた。彼女は、黙って私の話を聞いた後、ゆっくりと頷いて、「三二〇〇グラムで産まれたんですよ。」と静かに話し始めた。その後、彼の写真を一枚一枚見せてくれながら、彼が生まれた時の感動や喜び、反抗期もあった成長の過程、そして、これから彼が歩んでいくであっただろう人生への思いを丁寧に語ってくれた。幼いときから読書が好きだった彼。見せてもらった写真に写っている彼は、どれも幸せそうに笑っていた。どんなに地味で暗い内容の本を手にしていても、その表情は明るく輝いていた。私の心には、彼の笑顔と母親の言葉が重く響いた。『この先、お嫁さんをもらって、孫を抱き、その子の成長とともに親になっていく息子を見たかった。大きな幸せなど望みはしない。派手な贅沢も必要ない。平凡でいいから、幸せに過ごす姿を見ながら、心安らかに人生を終えたかった。今は、それが叶いません。親が子供を送り出さなくてはいけない辛さを、言葉に言い尽くせない心の痛みを犯人にも感じて欲しい。捜査に携わる方々に、まっすぐに人生を生きた息子を知っていただきたく、お話ししたつもり。ご苦労をおかけしますが、どうぞご尽力いただき、真実を明らかにしていただきたいと思う。また、裁判官が、公平な立場で裁きを下すということは、理解する。けれど、一時でもいいのです。私達の心に、自分の心を重ねてみてほしい。もしも、子供をお持ちの方なら、自分のお子さんに息子の姿を重ねてほしい。子供をお持ちでない方なら、自分の親御さんに私の姿を重ねてほしい。そうして心に痛みを感じていただいた上での裁きであるならば真摯に受け止めたいと思う。この気持ちを伝えてほしい』作成した文章を読んで聞いてもらった時、彼女は、時に笑みを、時に涙を浮かべながら、静かに聞いてくれた。そして、読み終えた私に向かって、深く深く頭を下げた。その頭がスタンドに当たって、机から地面に落ちた。電球は割れてしまったが、弁償を請求しなかった。被害者遺族の気持ちを直感的に理解することは出来なくても、その気持ちに心を寄せて、真実を作品に黙って落とし込むことは出来る。被害者のために尽くす生きた静謐な文芸作こそが、真の被害者支援につながるものなのだから。

あとがき

これは『軽率の曖昧な軽さ』を出した後の短編を集めたものです。その時期の短編のうち「わたしは横になりたい」だけは『偉大な作家生活には病院生活が必要だ』に収めました。

収録したのは「文藝」発表の作品が大半ですが、それらは千駄ヶ谷の河出書房新社旧社屋の地下室や会議室で書きました。もう何を書いたか覚えていません。最後の頃、書き終わって隣のホープ軒へ行ってラーメンを注文したけど、炭水化物はその時の体によくないからということで麺は食べずに上に乗ってたもやしだけ食べたことは覚えています。もやしは大好きだからそれでよかったんです。

この作品集には馬がよく出てきますって? 馬はわりと好きなんでそのせいかもしれません。スイスでライブをやったとき、コロナ騒ぎで会場が借りられなかったから廏でやったこともありました。イエス・キリストと何の関係もありませんよ。

馬で思い出しましたが、父親は競馬が好きでした。死ぬ前に競馬の予想表を書いてくれました。それで当たったらその金をあげると言われたんですが、予想表はそのまま棺桶につっこみました。

家族はぼく以外全員ギャンブラーで、ギャンブルしか興味がないんです。母は麻雀好きで、姉はパチンコ屋で働いていました。ずっと昔は青山にもパチンコ屋がいくつかあったんです。郵便局のところにあったパチンコ屋は貧乏くさかったな。

パチンコが強い友達がいました。パチンコをやるからと言われてお金を貸すんですが、それをすぐ返してくれるんです。自分もパチンコで食おうと思ったことはあるんですが、それを言ったら親に即座にやめろと言われました。

編集者の宮田仁さんが亡くなられたと聞きました。青土社などで映画の本も作っていたのでよく知っています。宮田さんが安井豊作さんの『シネ砦　炎上す』を出したときは出版記念会の司会をやりました。この場で宮田さんへの追悼の気持ちを表したいと思います。

皆さんは元気でいてください。

中原昌也（なかはら・まさや）

一九七〇年、東京都生まれ。「暴力温泉芸者」名義で音楽活動の後、「HAIR STYLISTICS」として活動を続ける。二〇〇一年『あらゆる場所に花束が……』で三島由紀夫賞、〇六年『名もなき孤児たちの墓』で野間文芸新人賞、〇八年『中原昌也 作業日誌 ２００４→２００７』でBunkamuraドゥマゴ文学賞を受賞。他の著書に『マリ&フィフィの虐殺ソングブック』『子猫が読む乱暴者日記』『キッズの未来派わんぱく宣言』『待望の短篇は忘却の彼方に』『ＫＫＫベストセラー』『ニートピア２０１０』『悲惨すぎる家なき子の死』『こんにちはレモンちゃん』『知的生き方教室』『軽率の曖昧な軽さ』『パートタイム・デスライフ』『人生は驚きに充ちている』『偉大な作家生活には病院生活が必要だ』ほか多数。

◎初出一覧

◦わたしは花を買いにいく………「文藝」二〇一六年冬季号
◦悲しみの遺言状………「文學界」二〇一六年一一月号
◦劣情の珍獣大集合………「文藝」二〇一七年夏季号
◦あの農場には二度と………「文藝」二〇一八年夏季号
◦角田の実家で………「文藝」二〇二〇年夏季号
◦次の政権も皆で見なかったことにした………「文藝」二〇二一年春季号
◦げにも女々しき名人芸………「ILLUMINATIONS」創刊号（二〇二一年六月）
◦焼死体たちの革命の夜［初出タイトル＝焼死体たちの革命の夜（前篇）］………「文藝」二〇二一年冬季号
◦久美のため息………「FEU」創刊号（二〇二三年六月）

焼死体たちの革命の夜

二〇二五年四月二〇日　初版印刷
二〇二五年四月三〇日　初版発行

著　者　中原昌也
装　丁　前田晃伸
編集協力　阿部晴政
発行者　小野寺優
発行所　株式会社河出書房新社
〒一六二-八五四四
東京都新宿区東五軒町二-一三
電話〇三-三四〇四-一二〇一（営業）
〇三-三四〇四-八六一一（編集）
https://www.kawade.co.jp/

印　刷　株式会社亨有堂印刷所
製　本　加藤製本株式会社

Printed in Japan
ISBN978-4-309-03960-2